読書実録

保坂和志

河出書房新社

目次

題字　保坂和志
写真　阿部勇一
装幀　佐々木暁

読書実録

読書実録〔筆写のはじまり〕

読書実録。読書と実録、読書の実録、読書は実録、……吉増剛造が最近の対談の中で筆写、書き写しをしているのだと語っていた、吉増剛造は吉本隆明の『日時計篇』から筆写をはじめて、『マチウ書試論』『西行論』と筆写し、いまは『言語にとって美とはなにか』の第二巻の近松論のところまできているとその対談の中で語っていた、『言語にとって美とはなにか』なんて、あの厚い本を全部書き写すとは！

私はそれがすごいと思ったから友達に教えるとその人はルゴーネスの『塩の像』の筆写から私も筆写をはじめることにしたとメールしてきた、ルゴーネスは「もしアルゼンチン文学の全過程をひとりの人物で象徴させなければならないとしたら、その人物は紛れもなくルゴーネスであろう。」とボルヘスが『バベルの図書館』の序文で紹介している作家で、びっくりするような小説を書いた。『日時計篇』というのは私は今回はじめて知った、吉本隆明の初期の未発表の詩（詩群）の総称で、昔勁草書房から出た『吉本隆明全著作集』の第二巻の半分と第三巻の全部を占め、第二巻に一四八篇、第三巻に三三〇篇収録されているとこの著作集の解題に書いてある。この『日時計篇』の量を知るまで『言語にとって……』を全部筆写するなんて本当だろうかとどこかで思っていたがそれはまったく本当だったと『日時計篇』の量を知ってかすかな疑いは一気に真実となり、驚きはまったく静まって、海の底に微細な塵がゆっくり沈んでゆくように、まさに吉増剛造本人が写経にもなぞらえているように、宗教的というより信仰や祈りの実践に出会ったような気持ちになった。

信仰や祈りというのは体に大きな負荷をかける、たいていは自分の体を故意に痛めつける。この対談でも吉増剛造は「毎日、筆写をつづけていると肩から指先にかけての筋肉がキリキリ痛くなる。ペンを持つのもつらいこともある」と言っていた、私は今そこを引用しようと思ってこの対談をもう一度読み直すと、そんなことはどこにも書いてない。

かまくら春秋社発行の「星座」という季刊の雑誌の二〇一七年春虹号に掲載されたこの対談を私はこれから抜き書きする。

「抜け道、というか、ずらしてご説明したいと思いますけども、そういうことをする前に、作家は書く手元を変えていかないといけないと思い立って、その延長線上で、僕は筆写ということを始めました。写経みたいにしていく。ひらがなをカタカナに変換して一字一字書き写していく。吉本隆明サンテイウ五年前ニ亡クナラレタ大思想家ノ『日時計篇』カラ始メテ『マチウ書試論』モ『西行論』モ、イマハ『言語にとって美とはなにか』ノ第二巻ノ二百十ページクライマデ一字一字写シテ行ッテルノネ。毎日毎日書キ写シテンノ。毎日毎日書キ写スッテイウコトヲヤッテイルト、思考ガドンドン変ワッテイクンデスヨ。ソウイウトレーニングヲ間断ナクヤラナイトイケナイ。手仕事デス。頭ン中デ主義主張デナンカ言ッテルヨウナコトデハダメダト思ウ。電車ノ中デモヤリ続ケテイル。修行ミタイナンダケドモ。

ミテ下サイ。吉本隆明サンノ『言語にとって美とはなにか』ノ今日ノ「筆写」ガココデス。一日セイゼイコレクライシカ写セマセン。デ、コレ一頁ヲ埋メルノニ約一週間カカリマス。一生懸命朝カラ晩マデヤッテモ。引用ノ所ハ青いんくデヤッテ。全部、平仮名かたかなヲ逆ニ翻訳シテルンデスヨネ。チョウドココガ面白インダナー。

今日ノココハ近松論。浄瑠璃ハドウシテ生マレテキタカ。ナゼソコガ大事カッテイウノヲネ、ソウトウ深ク吉本サン書イテルノ。面白クテネ。誰モ、ソンナニ深ク読マナインデスヨ。細カク読ムタメニハ、書キ写スシカナインデスヨ。ソレハ「写経」トイウノジャナクテ、無意識的ニ書クッテイウノハコウイウコトヲヤラナキャダメナノ。「手仕事」ガ絶対ナノネ。偉イ先生方ガドウシロコウシロトオッシャルケド、コノ場合、吉本サンノ真似デスケドモ、ウン、親鸞モソウシテイタ筈ナノデス。ソレガ吉本先生ヲ通シテ判ッテクル。今日、サッキ、東京駅ノすたーばっくすデコノクライ書イテキタケドモ、五年クライ経ツトネ、麻薬中毒ミタイニナッテテネ、ヤラナイト心ガ乾イテクル。「筆写」ダケド、頭ガ少シズツ変ワッテクルノガ判ルノ。コレヲ、ヤラナキャダメ。自分ノ役割ダト思ッテヤッテマスケドモネ。書キ写スノナンテ、考エタダケデモしんどいジャナイ。モウ、アト一ヶ月後アタリヲ見タラ、コノアトへーげるノ『美学』ダ。楽シミダヨ。読者モイナイシ見テクレル人モイナイワケデスヨ。ソレヲ純文学トカ詩トカノ先端ニシテイカナイトダメ。」

　ひらがなをカタカナに変換していくというところを私は書き写したら、私の書き写しの行為もそうしなければいけない、そうしようとそこで思った、ここを筆写する以前、読んだだけの段階でひらがなをカタカナに変えていることは知っていたが自分もそうしようとは思わなかった、ひらがなをカタカナに変えることは知っていたがカタカナをひらがなに変えてもいることは筆写するまで気づかなかった、そこを筆写してはじめて気づき、そうかそういうルールだったのかと知ったのでそのあとはいんくもへーげるもひらがなにした、書名はそのままにしておいた、ひらがな↓カタカナよりカタカナ↓ひらがなの方が難しい、というか体が激しく抵抗する、体の自由が奪われる、「へーげる」と書いたときには目がチラチラした、これをつづけるとアタマが変になるかもしれない、せめてカタカナはそのままということで許してもらえませんか？

　私は二カ所ひらがなだったところを漢字にした、読者が私が書いたこれを読むときの多少の便宜だ、私はきっと書き写し間違いをしているだろうが写し間違いはそのまま残すことにする。

　私は今年の桜は何年ぶりかで千鳥ヶ淵に行った、帰りは千鳥ヶ淵から神保町の方へ歩いた、ペチャは四月生まれでペチャがもうすぐ二十歳になるという年、私は妻と千鳥ヶ淵まで桜を見に行き、帰り、神保町の方に向かって歩いていると天然のブタの毛で作ったブラシを売っている店があった、ブラシは楕円形で持ち手のようなものはない、そのかわりに手を中に通す、あれは何というんだ、合成皮革製の帯、下駄でいえば鼻緒に相当するものがついていて、楕円形のブラシの毛の台に、「手植製」というシールと犬と猫のシールが貼ってあった、犬は漢字で犬と書いたシール、猫は漢字でなく猫の顔の絵のシール、妻はこれこそがペチャの二十歳の誕生日のお祝いにふさわしいと喜んだ。

あのとき千鳥ヶ淵のある九段下から神保町に向かう大きな通りの私たちは右を歩き左側にはすごく古い、長屋のような建ち方をした二階までしかなかったと思う、外壁は神田周辺でよく見る銅板張りで、奥行きはたぶんそんなにないだろうが道に面した長さは長い、その建て物には「速記」という大きな看板を掲げた事務所が入っていて、妻は、

「テープレコーダーができる以前の花形職業だったんだよね。」

と言った、秘書とかタイピストとか女性の社会進出のさきがけとなった職業の一つが速記であり、速記はテープレコーダーの普及でどんどん隅に追いやられていったが、速記は速記でその前の職業をきっと隅に追いやったと妻は言った。この銅板張り長屋には速記の他に、和文タイプとか証明写真とか青焼きとか何十年か前には時代の最先端をいっていた職業の事務所が並んでいたと記憶を私は埋めてゆく、ということはこの銅板張り長屋自体が最先端の建て物ということだったのかと妻と私

はペチャのお祝いに買ったブラシを持って楽しい気持ちで話したか、あるいは逆にこんなことを話しながら歩いていたらペチャのお祝いのブラシを見つけることになる店に入っていった。

　ペチャが二十歳になる年だから二〇〇七年だ、今年ペチャは生きていれば三十歳になる、ちょうど十年前だ、今年同じ道を歩くとあの日見た速記の会社の入った銅板張り長屋はなかった、ほとんどが新しいビルだったのでどこにあの建て物があったか見当もつかなかった、一緒にいた女性に訊いてもわかるはずがなかった、彼女は千鳥ヶ淵から神保町がこんなに近いこともわかってないようだった、それから私たちは神保町の古本屋に入った。あの日妻と私はペチャの二十歳のお祝いのブラシを買うとそのまま家に帰った、老猫がいると長い時間は家を空けられない、それでも二〇〇七年は二人で四、五時間の外出をすることはまだできていたということだ。

　私は神保町にくると一冊も買う本がないのがわかっている専門書の店に必ず一軒は入る、壁の全面、棚の一番上まで「江戸期の水運」「中世の土木技術」「畿内地域の灌漑」「奥羽地方の石工の系譜」……多色刷りは一冊もない地味な茶色っぽい、たいていはボール紙製の函入りで函の背が年を経てその色になった、もし私がどれか一冊棚から抜き出して手に取ったら、

「お兄さん、そんな本わからないでしょう。」

と店の人から言われるようで私はただ棚の前で本の背を読むだけだ、「近世の河川と湖沼整備」「街道制度史」「新編武蔵風土記総国図説注釈」「稲作灌漑と水田景観」……私はもうとっくにお兄さんと呼ばれるような年ではないことなど店の中では考えもしない、友達のKと江の島の昭和三十年代から買い替えてないようなテーブルと椅子の店でコーヒーを飲んで長い時間しゃべりそのあと上の神社にせっかくだから行こうということになり行くと夏だったが平日の午後四時だったので観光客は少ない、隅の海がよく見える方に二十代前半の女性二人がいる、私はKに、

「ああいう大人っぽい感じの人を見てると自分が十代になってる。」

と言うと、Kは、

「童貞っていうことだろ。」

と言った。では私は専門書ばかりの古本屋の棚の前では何に戻っているのか。

さっき最先端って言ったけど最先端の意味がその速記の建物ができたときと今でぜんぜん違うんだよねと私は横にいる女性に言った、今は、それはたぶん八〇年代あたりから、最先端という言葉にみんなが反応するようになったけどそれ以前は最先端はそれに関わりのある人だけの関心の対象だった、だから銅板張りのその建物

は当時の最先端が集まった建物だったとしてもきっとひっそり控えめに建っていた。棚の前であなたは言った、

「きっとネットでも見つからない本がありますよね。」

その言葉を聞くと私は本が物だと感じた、本は物ではなく知識あるいは知がそこにある、ある種抽象的なものだ、しかしここにあるのは物で抽象じゃない、いわゆる情報ではなおさらない、私はずうっとこの、おもに大学に籍があった研究者たちが実質的に自費出版にちかい形で二〇〇部とか三〇〇部くらいを刷って、手渡しと郵送で配られる、あるいは同人誌みたいな機関誌に宣伝か告知か内容紹介が載ってそれを読んだ人たちだけに知られる、そういう本をなぜ本にしてわざわざ出版しなければならないのかわからなかった、口頭で伝え、そうでない人にはガリ版で配ればじゅうぶんじゃないかと思っていたそれがそのときのひと言でわかった。

研究者たちはジグソーパズルのピースの一片とか時計の歯車の一つとかまさにそれを作ってきたのだ、「間違っていたらごめんなさい」と吉増剛造なら言って話を切り出すところだろう、パズルの一片、時計の歯車、そういう物だから五十年後七十年後に必要としてわざわざ神田まで足を運んできた人が受け取る、研究者は、文章を書く人間は、考える人間は、体を使わないといけないんだ、と、

「伊藤　比叡山の千日回峰行ミタイナ世界デスネ。ヤッテミルト、苦シイケドココニアルノネ。ヤッテミルト、
吉増　ソウソウ、創作トイウコトハ、苦シイケドココニアルノネ。ソレハソコニ喜ビガアルンデス。外カラ見ルト仙人修行ミタイニ見エルケレドモ、ソレハ一番細カイココロノ無駄ナ動キガ、例エバ遊女ノ中ニ生マレテクルトキニココデ劇ガ成立スル、ト。吉本サンノ音調ヲ聞キナガラネ、チャント捕マエルコトガデキルノ。スーット読ンジャッタラ捕マラナイ。ソノ通リニ、近松ダッテ書キ写スワケデスヨ。ソウイウ時間ハ、編集者ヤ新聞記者ニナッチャッテ、ヤラナクナッチャッタ。門前ノ小僧ッテ、ヤラナキャダメ。」

私は吉増剛造のこの対談を読んで以来、あるいはこの対談での言葉を読んでから、ずうっとこの言葉の中にいた、今もいる、掲載された「星座」というのは詩の雑誌だ、対談の相手である人は編集長でもあり、現代詩が難解であること、詩が売れないことにずうっとこだわっている、

「ゴメンナサイ（笑）。コウイウ考エ方モゴ参考ニ……。詩集ノ部数トイウノハ、多クナイ方ガカッコイインデスヨ。三百五十部トカ四百五十部トカネ。ソレハ歴史的ニモソウダシ、外国デモソウナンデスヨ、二千部モ売レタラドコカオカシインデスヨ。」

吉増剛造は「ごめんなさい（笑）。」と言って水路を開いた、いや水の流れる溝を切った、それをしないと流れる水であるはずの言葉が治まり、滞り、淀む、この対談をアタマから読んできた人はすでに抜け道や水路という言葉にそれぞれのある種映像的イメージを持っていて、イメージごと反応する体勢になっている。

「西脇順三郎サンノ詩集『第三の神話』ダッテ千部デシタ。限定デ五百、六百トカガ普通ナンデスヨ。シカシネ、ソレガ、長イ時間ヲカケテ残ッテイク。翻訳サレテ、違ウ世界へ、違ウ言語へ移ッテイク。ソウイウコトガ起キルノデス。コレモ「書物ノ夢」ナノネ。ソノ時ノソノマーケットデハ、ソノ本ハ売レナイヨウニ見エルケレドモ、チャント、深イ読者ガイテ、違ウ水路ガアルノデス。ダッテ、詩集ジャアナイケレドモ、柳田サンノ『遠野物語』ハ、五百部デスカラネ。シカモ柳田サンハ自分デ出版ヲシテイタ……。」

吉増剛造はパズルの一片とか時計の小さな歯車というイメージはない、それは内奥というかベケットもはじめは自費出版だった、『ゴドーを待ちながら』以前はほとんど誰にも知られていなかった、それでもベケットが書いていたことは文学を人が知ることのない奥深い地点で支えていた、私がいま書いていられるのは『ゴドー』以前のベケットや日記をひたすら書きつづけていたカフカのような人がいまも

この世界のどこかにいるからなのかもしれない、
いない?
いなくてもカフカとベケットはたしかにいた、たしかはどういうことか? それはまったくたしかではないそれをたしかと思うことだ。カフカは『変身』や『審判』や『城』を書いたからすごいのでなく、ほとんどが小説の断片で占められる日記を書いたからすごい、作品は日記だか小説だかよくわからない日記と恋人への手紙を日々書きつづけたその手の運動、糸をつむぐ糸車の、つむぎ出された糸がずうっと床につもってゆく糸の堆積の中でもつれてうもれてそこにあった、……

『カフカをめぐって』という限定百部印刷の非売品の本というより本文七十七ページの小冊子が届いたのは桜の開花より前のことだった、版元は水声社、『小島信夫批評集成全八巻』『小島信夫短篇集成全八巻』『小島信夫長篇集成全十巻』が半年くらい前に完結したその記念の意味だろうか、これは小島信夫がカフカのことを話したもので、「一九八三年一月十一日、十二日の二日間にわたって国分寺市恋ヶ窪公民館にて行われた講座「カフカをめぐって」の録音を活字化・編集したものです。」と巻末に記してある。

私はこれが届くと友人で小説家でもあるＩＳが喜ぶと思い、水声社の編集者に連絡してＩＳにも一冊送ってもらった、するとＩＳがすぐにお礼のメールをくれた、「こういうことを水声社のような小さな出版社ができるということを大手はいったいどう思うんでしょうね」

とかそういう文面だった、しかしＩＳはそれでは足りず、その夜私の夢枕に立った、

「いやあ本当に、複雑な事を複雑なまま説明しようとする誠実さに頭が下がりました。

これ、小島さんが68歳のときの講演なんですね。68歳で小島さんはこういう話を面倒がらずに諦めずにちゃんとしていたんですね。」

という文章をガラケーの携帯電話を開いて、私に話しかけるように（いや実際話しかけながら）一語一語はっきり言葉にしながら打ち込み、

「じゃあ、これ、送っときますから読んでください。」

と言ってから送信ボタンを押して彼は消えると、翌朝本当にそのメールが私のガラケーの携帯電話に届いていた。じつは私はそのとき、パラパラめくって拾い読みしただけでまだ通して読んでなかった、読むと小島さんは八三年の時点で私とほと

んど同じことと他の箇所ではそれ以上のことを言っている。

「コウイウコト言ッテハナンダケドモ、戦争ノ持ッテイルアノ闇ノヨウナ世界、神秘的ナ世界ヲ感ジサセルヨウナ側面トイウモノハ、モウ掴メナクナッテシマウワケデスネ。」

　こういうひと言に出会うだけではっとする、こういうものの見方は小島信夫しかしない、あるいは私はさっき「糸をつむぐ糸車の、つむぎ出された糸がずうっと床につもってゆく糸の堆積の中で」と書いた、そこを読むと小島さんは、糸が床につもってゆくというのがわからないと言ったりする、

「糸車でつむがれる糸は逆側にある糸巻に巻き取られるでしょ？」

　と、とても素朴に、他意なしに訊いてくる、そうなのだ、あそこのところを書いたあと調べてみると、糸車も紡績機もつむいだ（よった）糸は床に無雑作に送り出されたりすることは道具の構造上（たぶん）ありえない。戦争を、

「あの闇のような世界、神秘的な世界」

　と言うのはしかしやっぱり大変だったと思う、一九八三年は戦争が終わって三十八年、一月の講義だから三十七年の方がいいか、兵隊として戦争を経験した小島さんがまだ六十八歳、五十歳で終戦を迎えた人で八十八歳だ、小島さんはだから言え

たのかもしれない。

「ソウナルト、イロンナ風ニ取レルコトコソガ、コノ人ノ作品ニナッテクルンデスネ。モチロン日記ニモソウイウ傾向ガアリマスガ、小説トナルトナオサラソウナンデス。イロンナ意味ニ取ラレルコトガコノ人ノ特徴ナンデス。普通ハ解釈ガ一通リニナルヨウニ書クンデスヨ。ソレガ小説ノ明晰サトイウコトナンデスガ、カフカノ場合ハ一通リデハナイヨウニ書イテイルトイウ特徴ガアルンデスネ。トイッテモ日記デサエモ、ワカッタト思ッタ瞬間ニマタスウッットワカラナクナル。説明シテクレルカト思ウト、説明ガマタ別ナ世界ニ入ッテイッテ、ソレガ物語ニナッチャウ。説明ジャナクナッチャウンデスネ。ソウイウ奇異ナ書キ方ヲシテイル人ナンデス。」

　このいったいどこが小説なんですか？　あなたはひらがなをカタカナに書き換えてるだけじゃないですか？　それともこの『カフカをめぐって』という小冊子そのものがあなたの創作だとでも言うんですか？

　私は読書、本を読むこと、文章を読むことの何か、いや何が、実録になりうるのかと考えている、

「ソウイウイロンナモノガ全部、一ツノ世界ニ書ケナイカトイウコトナンデス。ソウシナイト彼ノ世界ハ……。シカモ彼ハ揺レテイルワケデショウ。ソウイウ世界ヲ

一ツニシテ書ケナイカト考エタダロウト思ウンデスネ。

作品ガウマク、作品トシテ完結シタトイウコトハ、モシカシタラコレハ駄目ナコトジャナイカト、コウ言イマス。我々ノ生キテイク、イロンナモノガ一ツノ人間ノ中デ犇メイテイル今ノ世界ニ比ベルト、作品ガイクラウマク書カレテイテモ、コレハ片手落チノ世界ジャナイカト、コウ言イマス。」

私はここを読んで小島さんがこう言った三十年後に同じことを考えているとはどういうことかと思った、

「ダカラカフカノ日記ヲ読ンデイクト、説明シテイルカト思ウト、途中ニナルト話ニナッテイクンデスネ。具体的ナ話ニナッテ、カタマリニナッテイクンデスネ。ソウイウトコロハ小説デナクテモ非常ニ魅力的デ面白イト思ウンデスヨ。ソノ面白サヲ感ズルト、ソレハ何カノタメニハナルト思ウンデスネ。コレハ一ツノ具体的ナ世界デスカラネ。ソウイウヤリ方ヲシテイマスカラ、ソレハ今ノ我々ニトッテモ非常ニ魅力的デスヨ。説明トイウノトハ、ソウイウモノト違ウンデス。辿ルヨウナ顔ヲシナガラ世界ヲ作ッテイクワケデス。」

私は守中高明の『ジャック・デリダと精神分析』を読まなかったら『カフカをめ

ぐって』を抜き書きしようとは思わなかった、この本でデリダと守中高明が言ってるのはどういうことか、精神分析は二〇世紀の終わりあたりから著しく軽視されるようになった、ロールシャッハ・テストなどのテストやＤＳＭ＝精神疾患の診断・統計マニュアルに基づいて患者に病名をつける、患者でない人もＤＳＭによって病名がつく、

「決シテ無意識ナドイウ不可視ノ領域、非‐現前的ナル絶対的他性ノ場面ヘト踏ミ込ムコトヲ必要トシナイ、人ヲ安心サセル無害ナ方法デアルカラダ。」

私はここを読んだとき、カルチャーセンターで若森栄樹さんを呼んではじめてラカンの講座をやり、そのときレクチャーを聴きながら私はフロイトが言いはじめた無意識というのは、言ってみればフィクションでたしかめようがない、この話はたしかめるのはほとんど不可能だからこれはフィクションなんだな、と思ったあのときを思い出した、そのあのときはこの本で久しぶりに思い出したのでなく私はあのときを繰り返し思い出す、あのときを思い出すと私は、ヨッシと小さくガッツポーズをしている、

「コノヨウナ方法論ノ数々ガ一定ノ「エヴィデンス」ヲ持ツトイウダケノ理由デ、アタカモ精神分析ニ対シテ優位性ヲ備エテイルカノヨウニ見ナス」

「イカニ「科学的エヴィデンス」ヲ欠イテイヨウトモ、コレラガ確カニ我々ノ経験ノ領野ニ属シテオリ、ソレナシニハ、我々ガ我々デハナクナッテシマウトイウ単純ナ、ダガ歴然タル事実デアル。」

無意識というのを私はあのときにたしかめることはできないからこれはフィクションだと思うまでわかりやすくどこかにあるものだと思っていた、どこかにあるというのはたしかデカルトが言ったのだと思う、意識というのは頭の中に住んでいる小さな人間のようにわかりやすく指し示すことができるというイメージだ、

「カフカは、ヤノーホとの対話や日記などを見ますと、敢然として自分は文学者になろうと思っている。彼にとって文学というのは、ヤノーホとの対話の中で「文芸」と「文学」と二つ出てきます。文学というのは詩にも通ずるもので、まったく白紙に還ってしまってものを考え直すことである、そういう恐ろしいものだ、と」

小島信夫＝カフカと守中高明＝デリダが言ってるのは同じことだ、しかし世に流通するとそれがそういうものでいられない、

「ところが、いざ書いてしまうと、特にジャーナリズムに発表してしまうと、わけがわからないと思って書いたことが、そこで解かれてしまうわけですね。今度はそういうふうに書いたことが邪魔をするわけなんですね。」

もともとカフカは、

「筋を話すことができないんです。非常に複雑ですぐ忘れてしまいますから。だからもう一回読むよりしょうがない、読み直すよりしょうがないというふうに書いてあるんですね。」

私は小島さんに『城』は筋が記憶できないと言った、私は小島さんに口でしゃべって言ったから、ただ筋とは言わず、展開とか流れとか出来事の順番とかいろいろな言葉をそこに重ねただろう、しゃべりというのは凹凸、濃淡、強弱に富んでいるから、文字で読んだらいちいちメンドックさいことまで盛り込むことができる、小島さんは私がしゃべるのを、「うん、うん」頷きながら、

「私はそんなこと考えたことがなかったねえ。」

と言うように聞いていた、実際そう言ったかもしれない、しかし私がそれを小島さんにしゃべる十五年前くらいに小島さんは同じことを恋ヶ窪公民館でしゃべっていた、

「いや、それは、難解というのよりも、それを逆手に取ってますね。もっともっと難しい道に這入っていかなければいけないのです。ジャーナリズムから離れようとしてるんですよ。システムが出来上がっていますよね。読者がいて、送り手がいて、

それを崩さないことには。送り手の意図によって、全てが左右されちゃうじゃないですか。それも壊そうとしている。そういうところから難解とも言われます。だけど、それは難解じゃなくて、深い闘いの層があるのだという言い方もできるのです。」

二人からジャーナリズムという言葉が出て来た、小島信夫はジャーナリズムの中で書いた人が意図しなかったように小説が解かれてしまうと、カフカは『変身』で現代人の心の奥に潜む不安を描いたと解釈されたように解かれてしまうと、世に流通するのはそういうことだと、

「私の『小銃』という短篇が「新潮」に掲載されたんですよ。すると同人誌の仲間が、岡本謙次郎とか宇佐美とかそういうメンバーですけど、

『商業誌に載せるとは、小島は堕落した』と。」

と小島さんが私に言ったのを一方で思い出した、小島信夫というのはひじょうに打たれ強いというか踏まれ強いというか、まわりが対応に困る、まわりからヒンシュクを買うようなことをやりつづけた。

その時代の同人誌というのはたぶん小劇団に置き換えられる、小劇団の活動を通じて異彩を放つ役者が育った、それもまた二十年三十年前までの話かもしれない、

小劇団がテレビに出る役者の養成機関のようになったらそれもまたシステムとして出来上がってしまう、商業主義と切れたところで、世界というものの摑みがたさの感触を探り合う仲間がいるから鍛えられる？　磨かれる？　どういう言葉を使っても、ピラミッド型の階層がイメージされたらもうダメだ、最終的にはそれに飲み込まれ、それを活性化する意味を帯びてしまう、ピラミッド型の階層でイメージされるそれは揺るがない。

ジャーナリズムの中で意図が解かれてしまうそれを前提にして書く、カフカはこういうことか？　という読み解きに落ち着かせない、

「自分との深い関わりの中で、自分の中からいろんな次元の声が聞こえてくるわけです。そのようなことがあるので、彼が一つの作品を書き、それがまとまろうとしたとき、これを終わらせずにもっと考え直しているうちに、小説が終わらなくなってしまうんですね。」

カフカには読み解いて落ち着ける意図はなかったがジャーナリズムが力を持つ、浸透するということは、小説にはこういうことだと手短かに言える意図があるという考えがあたり前になるということだ、

「カフカは好んで発表したわけじゃありませんからね。日記や手紙はカフカを守っ

た堅牢な要塞だった、ということですか、ブロートなど少数の親しい友達も要塞の一角だったんですね。」そうか梁山泊や鎖国をつづけたことによって仏教の昔の姿を守りつづけたチベットに喩えるのがいい、小劇団では弱い、小島さんの時代の同人誌は商業主義の外にいて商業主義と対峙する梁山泊だったのだ、

「しかし発表はしないんだけれどもカフカは家族の前では読んで聞かせたんだねえ。」

「一晩ずうっと書きつづけて朝、妹たちが起きてきたら書いたばかりのを読んで聞かせるんですよね。」

「妹たちっていうところがいいねえ。私たちはどうしても原稿を渡す編集者の顔がちらついてしまう、ちらついて離れない。」

梁山泊というのもしかし美化しすぎだと小島さんは口には出せないにしても心の中で考えたに違いない、そうでなければ小島信夫は『小銃』を「新潮」に掲載しなかった。

「ジャッカルとアラビア人の話とかオドラデクの話とか妹たちが聞いて楽しいように書かれてあったらすごいですね。」

「あなたの言うすごいがまた意味がわからないところだけど、耳で聞くっていうの

は筋じゃないからねえ。

　カフカの声は残ってないんですか？」

「肉声ですか？　聞いたことないです。ていうか、考えたことなかったなあ……、もしあったら絶対もう出回ってますよね。」

　カフカの自作朗読テープが（音盤か？）見つかったら大変だ。吉増剛造がここで言ってる送り手はジャーナリズムが意図を解いてしまうそれを前提にして、ジャーナリズムに解かれるための意図を持って書く人のことだ、作者が作品に読み解かれるべき謎を込める、作品全体を読み解かれるべき謎とする作品観もいまではあたり前と考えられている、その謎に答えがないのだとしても、謎を解く、読み解く、解くという行為それ自体は厳然とある、

「ちょっとよくわからないんだけれども……

　もう一回言ってもらえますか？」

「「戦争の持っているあの闇のような世界、神秘的な世界を感じさせるような側面というものは、もう摑めなくなってしまうわけですね。たぶん僕はそうだったと思うんです。

それで、私は自分の家族のことや自分の周辺のことなんかも、自分の周りの生活でありながら意味がよくわからないということのわからなさを考えようとして、小説にこれを書きました。」と『カフカをめぐって』で先生がおっしゃってることです。これにつづいて「ところが、いざ書いてしまうと、特にジャーナリズムの中に発表してしまうと、わけがわからないと思って書いたことが、そこで解かれてしまうわけですね。」とつづきます。」

私はここで小島信夫が言ってることは謎という形とは別のものだということ、謎であるかぎり解けなくても解きたくなる、謎を前にすると人は能動的になる、能動的であるということがある種の救いだったり自分に対するアリバイであったり言い訳になったりすると私は感じる、能動性を奪われた状態に置かれることが人は一番怖い、吉増剛造の言い方はまた少し違う、「もっと言葉をかみ砕いて、わかる詩の方向へ向かっていこう、そういう考えはありませんか。」と言われ、「全く無いですね。」と即座に答えた（に違いない）、「むしろ、芥川龍之介の絶筆に近い『河童』のああいう世界へと入っていかなきゃいけない。そこに非常に深い世界が開くはずですから。だから、柳田國男さんの『鼠の浄土』じゃないですけど、お餅が転がっていって穴へ入っていった。追いかけていくと、鼠の浄土へ入って行くわけですよ。難解もヘチマも無いですよ。そういうところへ入っていかないと、非常に豊かな他界に入っていけない。その部分は、完全に突破しています。それを先刻承知で。だから、難しいから読者がいない、難解だっていわれるのは、二十、三十年前に過ぎちゃったよなあ。深刻ですよもっと。」

　たったこれだけの発言でもいちいち考えるとキリがない、何を深刻だと吉増剛造は言っているのか？　難しいから読者がいないのでなく、送り手の意図によってすべてが左右されるシステムが出来上がると読者そのものがいなくなる、

「話を戻します。謎解き、解くべき謎があるということは真理があるということにも関係すると僕は思います。」小島さんはだいぶ耳が遠くなっていて私は自分の言葉がどれだけ伝わるか、少しでも聞き取れているのかという懸念をいつも感じていてそれはストレスだった、友人で小説家のＩＳはしゃべるのを聞いているとそこをシンシャクせずにしゃべるようで私はそこはうらやましい、

「吉増剛造がここで言ってるシステムというのは僕が思うにすごく大きいもののことで、それは本の流通も被《おお》うし、映画の配給も被う、それから人の心も誘導する。洗脳っていうと大げさですが、洗脳みたいなものです。」

　実際には私は同じ言葉を何度も繰り返しながらしゃべらなければならなかった、

それでも正確に聞き取られていたかは疑わしい、だからと言って正確に聞き取れるだけの人と話すことに意味があるだろうか？　洗脳は大げさだが、世界のこと文学のこと人間のことなどなどを「こういうものだ」と思って、他のありように思いを馳せることができないのだからやっぱり洗脳だ、ただ洗脳という言葉を聞くと特定の方向にイメージが限定されるという意味では洗脳という言葉はあまりよくない。

その物も心も被うものをシステムと考えるときそれは真理に似ている、ここはこれ以上嚙み砕いた説明はできない、

「そこはいま突っ込んで訊かないことにしておきましょう。

あなたがシステムと真理が似ていると言った、それはそれ以上嚙み砕いて説明できないと言った、そこが面白いんです。」

小島さんはそう言うのだった、嚙み砕いた説明ではない言い方でいずれ私はその二つが似ていることを少しは言えるだろう、

〈謎を解く↓真理がある〉という考えがセットなら、真理≒システムという思いと一緒になってシステムもまたあることになる、吉増剛造の「システムが出来上がっていますよね」という言い方にはまだ、システムが出来上がっていない状態を想像する余地が残っているが、真理とシステムがだいたい同じだとしたらシステムは真

理と同じく出来上がるとかまだ出来上がってないとか言う以前に最初からあることになる、……

なんか話がどんどん逸れている、『カフカをめぐって』の中で小島信夫は私と同じことを私より十五年とか二十年とか前に言っているとなれば私はどこかで小島信夫がだいたい同じことを書いた文章があってそれを読んだに違いないと想像する人がいるだろう、カフカの日記のことで私の言ってることは小島信夫がここで言ったことと似すぎている、同じだと言ってもいい——そう考えるのがデリダ＝守中高明が言っているエヴィデンスという囚われだ。

そうではなく、小島信夫がそう書いてるものを読まなくても私は同じことを言う、なぜなら無意識は一人の人間の中で閉じず、世代間で引き継がれるからだ、これがフロイトが創始した精神分析の一番面白いというか衝撃的なところだ、ここが犯罪捜査の手法つまりエヴィデンス主義、実証主義がいまや被いつくさんとしている文学の、小説も批評も被いつくさんとしている文学の思考を踏み越える。

「「これらの謎の一貫性」が生じるのはただ、ある世代から別の世代への〈無意識〉の数々の伝達という様態においてのみ」

「「秘密」は孫娘の無意識と同時に母親の無意識の中で強度をはらんで生きているのである」

「たとえわずかでも、子供が「秘密をかかえた」親を持つなら、すなわち、その語りがその抑圧された非‐語りを厳密に補完しないような親を持つなら、親は一つの欠落を無意識そのものにおいて子供に伝達することになろう。」

「その効果は幾世代をも貫通して及び、一家系の運命を決定することもあり得るのである。――このような世代をまたぐ「秘密」の取り憑き」

「「亡霊」理論がそれである。これは「クリプト（地下墓所）」を保持する他者からその決して口にできぬ「秘密」を、言語化されぬまま、沈黙のうちに、しかし高い強度で別の誰かが受け取り、あたかもそれが自分自身のものであるかのようにしてその「秘密」をそれ以後生きることを強いられる」

「「クリプト語法」の聴き直しは、驚くべき整合性と一貫性のある物語を新たに構築し、フロイトの解釈が覆い隠してしまった別の真実を開いて見せるのである。」

父の自殺、祖父が犯した近親相姦、何世代も前の祖先による殺人、それら隠された罪や恥の記憶がそんなことを知らない息子や娘（孫や末裔）に強い影響を及ぼし、その人の精神だけでなく人生そのものを害する、

「これがその本の抜き書きですか？」

「ほぼその通りです。」

「あなたはわざとそうやって、謎とか秘密とか真実とかが入ったところを書きだして人を惑わせるようなことをしますねえ。」

「（笑）そういうつもりじゃなかったんです。ここで使われている「謎」「秘密」「真実」というのがふつうに使われる意味と違う意味を持っているから僕はここから川を遡るようにして先生のカフカに関する言葉や吉増さんの言葉がもう一度強い意味を持ったということだったんです。でもたしかにこういう風に書きだしただけでは、ここだけ読む人には通じないですね。


僕はいつも感じでしか考えないからちゃんとした説明はできないんですが、「謎」「秘密」を（もっと正確さにこだわれば二人は直接そういう言葉を使ってない）お二人はその人が謎や秘密の答えや中身を知ってる意味で使っているんですが、デリダ＝守中高明がここで言っている謎や秘密は（真実もそうですが）本人でさえも答えを知らない、答えを知らないどころか自分が謎や秘密を抱えているという自覚すらない、ということなんです。」

私はここまで話して昨日は一日鎌倉に行ってきた、往復の電車で吉増剛造が話題にした『鼠の浄土』を読んだ、これは『海上の道』に収録された一篇だ、そういうことも私は今回『鼠の浄土』を捜すまで知らなかった、『海上の道』は持っているが読んでなかった。鼠の浄土というのがどういうものか、それはまさにここで吉増剛造が簡単に説明しているとおりのものだ、お団子がころがってそれを追いかけていったら穴があってそこに入っていったら鼠たちが楽しく暮らしている世界があった、その話が形を変えて日本中に広く分布していることについて、導入として鼠が大挙して海を泳いできたというびっくりするような言い伝えを書いたりしながら柳田國男が書いているのだが、

「偶像の国のように物知らずは言うけれども、我々の神々は、凡眼には御姿の見えぬものときまっていた。稀には幻に見たと称する者が、だんだんと新たな信仰の形を作って行ったが、普通の場合には毎年の季節風物、その中でもこういう生物の自然の動作によって、端的に神の来格を推測していた。常には見ることがなく、またはこの際に気をつけて見れば見られる、或る動物の集合と去来とをもって、真率に神の通行の御先払《おさきばら》いと考える風が、近い頃までは確かに有ったのである。南の島々では何という言葉がこれに該当するのかまだ知らないが、こちらではその姿を見せ

る小動物を全国的にミサキと呼んでいる。そのミサキの最も主要なものは狐であったが、正月には山鴉もまたそう呼ばれる。」

私はミサキという言葉にはじめて出会った、これと逆の意味の言葉を私はカフカ研究を専門にしていた知り合いから『変身』で「虫」とか「毒虫」とか訳されている単語の元のドイツ語は何かと訊いて、

「Ungeziefer（ウンゲツィーファー）」だと教わった、神に供えるのにふさわしくない汚れた小動物全般を指し、ヘビやネズミもそれに含まれるとその人から聞いた、ミサキという言葉が日本にあるのならUngezieferに相当する言葉もあったかもしれない。『海上の道』の単行本の出版は昭和三十六年だから、柳田國男の存命中『変身』はとっくに翻訳されていた、柳田國男でなくても訳者は民俗学者に相談すればよかったのになあと思う、そうすればカフカの受容のされ方が違っていたかもしれない。

地下の鼠たちが楽しく暮らしている世界というのも最後の短篇集『断食芸人』に入っている『歌姫ヨゼフィーネ、あるいは鼠の族』を連想させる、鼠の浄土について柳田國男は、異界や他界に迷い込んで帰ってくる話は竜宮とか黄泉とかいろいろあるがその中で鼠の世界に行くというのは最も真実味に欠ける、ありそうもない話

だと言う、

「一方民間の説話に至ってはもっと安らかに、亀が出てきて暫くの間、私の背なかに乗っていてください。もしくは竜宮の使者が、私がよろしいというまで、目を瞑って私につかまっていてくださいと言うと、すなおにその通りにしていて、ほどなく金碧光り耀《かがや》く常世《とこよ》の浜に到着した、という風にも語ることになっていて、それをさも有りなんと息を詰めて、聴き入っていた人がもとは多かったのである。この程度の不思議ならば、まだこれを受け入れる力があり、驚きはするが疑う者はなく、まして戯れのこしらえ事と思う者はなお無かった。

ところが一方の鼠の浄土となると、もう何としても本気に聴くことはできない。」

この、あっちは本気でこっちは本気でないという真実味の度合いの違いが私はぴんとこないが（ところで一つ目の句点「。」はおかしい、ここは「、」が普通だが句読法というのはこの時点で百年の歴史のないそんなものだ）、

「さも有りなんと息を詰めて、聴き入っていた人がもとは多かった」というところがその頃の人たちの姿を彷彿とさせる、といっても私は少しでも具体的な映像が浮かんでいるわけではないけれど、

「驚きはするが疑う者はなく」と柳田國男は言うが私は、

「驚きがあるから疑う者はなく」とか
「驚きがあるからリアリティがあり」

と言いたい、驚きがあるから面白く、面白いものにはリアリティがある、いまはリアリティがあるから面白いという逆の錯覚が優勢になっている、リアリティが先か面白いという気持ちが先かがデリダ＝守中高明が言ってるエヴィデンスと精神分析の違いに私は呼応する。

「リアリティがあるから面白い」

「面白いからリアリティがある」

は、文の形としてはただ逆なだけだがどっちが先になるかでリアリティの意味も面白いの意味も変わる、リアリティが先にあるとリアリティは事実と対応していることになり、後にくるとそのリアリティは心のリアリティになる、先にきている面白いは純粋に？　素朴に？　他意なく？　勝手に？　ひとりで？　面白いと感じることでリアリティが先にくる面白いは知的で？　論理的で？　面白さの説明が可能で？　だから自分だけでなく他の人ともそれを共有しやすい、そういう面白さだ、

「そこがつまらない——と、あなたは言いたいんだろうね。」

私は笑うだけだった、

「あなたはよく笑う人だねえ。」
「そう言われても笑うしかないですね。」

柳田國男によれば、よらなくてもそうだが、鼠が主役の民間伝承は世界中にたくさんある。

「この本の別のところに実地に民間伝承や生活を見聞きして歩くという考えは学問としてまだなかった、そういうことは学問と関わりを持っていなかったみたいなことが書いてあります。だからカフカを翻訳したり研究したりしたドイツ文学者と民俗学者はきっと全然別の世界同士だったんでしょうね。ドイツ文学者がUngezieferに相当する日本語を民俗学の人に訊くっていう発想は皆無でしたよね。」

ここで私が「でした」と過去形を使ったのは当時の時代を指すのでなく、私自身のさっきの発言を訂正する気持ちのあらわれだ、ここで小島さんが何と答えたのか、死んでいるから聞こえようがない。『歌姫ヨゼフィーネ』も元の発想というか話の地として民間伝承があったとしたら印象が変わる、カフカになくてもいい、こっちが今から柳田國男的世界を気にかけながら読めばいい、それで変わる、ヨゼフィーネは鼠の話で鼠しか出てこない、もちろん鼠たちは人間と同じことをしたり考えたりするがだからと言って鼠を簡単に人間に置き換えたらこの話は比喩かメッセージを効果的に伝える寓話になってしまってそれが面白いとしても別のものになる、

「たとえばこういうことを言うんですね。ユダヤ人はあることを聞かれて、その話に答えるときに、いつも物語で話すというんですね。……寓話でしたかね。まあ、物語よりも寓話に近いから、寓話という言葉の方がいいですね。説明してくれと言われて説明するにもそれは寓話じゃないとだめで、それが一番、言ってみればたしかっていうんですかね。人生のあり方に一番近いわけです。これは僕もやりたいと思ってもできないんですね。これはユダヤ人全部の傾向だと言っていて、カフカがそういう作風であることは間違いがないんですけれども、ユダヤ人すべての話し方がこういうふうだということですね。そう言われるほど、こうやって寓話的な語り口ができないわれわれは絶望的になっちゃうんですが、これはたしかにおもしろいですからね。

寓話で話しているのは話ですからまとまっていますが、田舎でも僕らの地方でも、なんとなく一人がすぐにたとえ話で話をしますね。簡単なたとえから比喩までいろいろありますが、すぐに読解のできるものと読解のできにくいものがある。読解ができにくくなると寓話に近くなるんですね。」

小島信夫は寓話は読解ができにくいと言っている、これはどうなのか、読解ができにくいとしても寓話だと感じればみんな読解したくなる、それよりまずヨゼフィーネの話が面白いことがなんといっても面白い、私はまた今回読み直してみて何に引きつけられているか？　歌姫ヨゼフィーネについて、語り手はちっとも褒めてない、ヨゼフィーネの歌はあれはいったい歌だろうか？　ただのちゅうちゅう鳴きなんじゃないか？　このあいだヨゼフィーネがか細い声で歌っている最中に子どもがちゅうちゅう鳴き出した、あれの方がまだしも歌だったんじゃないか？　と。

ところがそれを読む私はどうしてか、最初からヨゼフィーネに肩入れしてる、ヨゼフィーネを応援してる、ヨゼフィーネがこのままでは何の取り柄もない歌手で、いや歌手でさえもないことになってしまうんじゃないかとハラハラしている、すると、

「彼女の前に座れば、彼女を理解することができる。反対意見を唱えるのは遠くにいるときだけである。彼女の前に座れば、彼女がここでちゅうちゅうとやっているものはちゅうちゅう鳴きではない、と分かるのだ。」（浅井健二郎訳）

という一節がきて、安心する。

「城の監視はまさかこんなところにまでは及んでいないと思われるところにこそ及

んでいるのです。」

というこれはカフカに繰り返しあらわれる論法だ、

「小説とはまさかこんなものは小説ではないと思うものこそが小説なのだ。」

というわけだ。それはそこにはないと思うところにこそある。最もそうでないと見えるものこそがまさにそれだ。

しかしこの話は諷刺なのだと思えばいくらでも諷刺という風に解釈できる、たとえばヨゼフィーネの歌は現代美術や現代文学のことであると、すごいものだ深遠なものだとみんなが思わされているがただのちゅうちゅう鳴きを崇高な歌と言ってるようなものだと、そしてカフカは生前に出版された自分の本の最後に自著の運命をい、い、い、い、予言するかのようにこの話を持ってきたのだと。あるいはたとえばヨゼフィーネの存在は独裁者であると、

「この族は、たとえば、ヨゼフィーネのことを笑うなんてとてもできないだろう。われわれの本音として認めてかまわないことだが、ヨゼフィーネにはつい笑いたくなるところが少なからずある。」

独裁者、広く権力者、権威とはそんなものだ、

「それはあなたの感想なの？」

「いえ、そうじゃなくて、そう読みたい人には読めるということです。」

「でも、あなた自身もどこかでそう感じるところがあるからそういう解釈が出てくるっていうことですよね。」

「そこがメンドックさいというか面白いところなんですが、僕は諷刺は嫌いなんですよ。世の中には笑いというと諷刺か嘲笑しかない人がいますけど、僕はそのどっちも大嫌いだから、この話が諷刺だとしたら僕は笑わないどころか面白いとも思わない、不愉快なだけです。

僕は自分が面白いと思っている感触は間違いないわけだから、この話は諷刺ではないんですよ。」

「そこはわかってもらうのが一番難しいところだよねえ。」

この声は『馬』や『小銃』が諷刺として読まれ、そこにある面白さが素通りされつづけた小島信夫という小説家の何十年にわたる気持ちが反響していた。

「まだちゅうちゅう鳴けないあいだはしゅうしゅう、ぴいぴい鳴き、まだ走れないあいだは引っくり返ったり、押されて転げ回ったりし、まだ目が見えないあいだは自分たちの大きな塊のなかをもたもたと、何もかも手あたりしだいにさらってゆく、われわれの子供たちは！」

唐突にあらわれるこういう動きある描写が話を活気づける、

「われわれは経済上の配慮からあちこちに散らばって生活せざるをえないのだが、その領域はあまりにも広く、われわれの敵はあまりにも多く、至るところでわれわれを待ち構えている危険はあまりにも予測しがたい。」

突然、臨戦態勢に入ったかのような語りになる（ここを読んでユダヤ民族の話そのものと思う人もいるだろう）、

「つまり、このような集会が不意に敵に襲われてけちらされ、その際、われわれの同胞の少なからぬ者たちが命を落とさねばならなかったとき、ヨゼフィーネは、この一切を惹き起こしたくせに、いやそれどころか、そのちゅうちゅう鳴きによって、ひょっとすると敵をおびき寄せたのかもしれないというのに、いつだって、最も安全な場所を確保していて、」

抜き書きでは効果はないが読んでいると本当に不意に襲われてけちらされた感じがする（しかしこれこそ独裁者の保身であり卑劣さである、周辺国との不和の火種をまく指導者はみんなそうだ）、

鼠に仮託してこんな本質的なことをズバリとほんの数行で書いてしまう、カフカの予言性や恐るべし！　とカフカを社会的意味づけの中で読んで解けるようなこと

がこの小説には至るところに書いてある、しかし私の心を動かすのはそれではない。

ヨゼフィーネは本当に偉大なのかそんなのはただの幻想なのかと終始揺れつづけるこの語り手のように、私は読んでいるあいだじゅう社会的意味づけに自分は面白さを感じてるんじゃないのか、このエヴィデンス性は簡単に人に伝えられるそれに自分は誘惑されその誘惑と闘っているんじゃないかという揺れの中にも投げ込まれる、そのような語りやすさにつけば私はこの小説の、これを読んでない人にも語りうる言葉の、そのずっと下の層で私が感じている面白さ、私はそれをこうだと言えないその面白さから離れて、人と共有するというラクなところについてしまう、そこからももっと離れてヨゼフィーネに身を寄せるようにしてこれを読もう、ヨゼフィーネに身を寄せよう……その揺れさえも楽しい、いやわずらわしい……ここでもまた、

「そこはわかってもらうのが一番難しいところだよねえ。」

というあの声が聞こえてくる、私は小島さんの声が聞こえると静かな闘志が湧く、ヨゼフィーネのように歌いたくなる、ともかく私はヨゼフィーネを身近に感じる。


私はこのあいだ『鼠の浄土』を読みながら鎌倉の実家に往復してきた、実家には

『言語にとって美とはなにか』が本棚に残っていた、私はこの本を読み通してない、全七章の本の四章までだ、律義に色エンピツの赤で線が引いてあるのでわかる、昭和五十三年五月一〇日第七刷発行の『吉本隆明全著作集』だ、私は大学四年生だった、冬に読んでいた記憶があるがそれはアテにならない、中身はほとんど何も憶えてないが、

「勝利だよ、勝利だよ」

と、あとがきに書いてあるのだけはよく憶えていた、それであとがきを見た、

「本稿は、一九六一年九月から一九六五年六月にわたって、雑誌「試行」の創刊号から第十四号まで連載した原稿に加筆と訂正をくわえたものである。この雑誌は半ば非売品にちかい直接購読制を主な基盤にしているので、連載中、少数のひとびとのほか眼にふれることはなかった。わたしは少数の読者をあてにしてこの稿をかきつづけた。その間、わたしの心は沈黙の言葉で〈勝利だよ、勝利だよ〉とつぶやいていたとおもう。」

『言語にとって美とはなにか』は梁山泊の成果だったのだ、梁山泊は鼠の浄土でもあった、

「なにが〈勝利〉なのか、なににたいしてなぜ〈勝利〉なのか、はっきりした言葉

でいうことができない。それはわたし自身にたいする言葉かもしれないし、また本稿をかきつづけた条件のすべてにたいする言葉であるかもしれない。」

　私は条件のすべてというところに傍点を打たないではいられない、

「本稿はみすみす出版社に損害をあたえるだけのような気がして、わたしのほうからなじみの出版社に公刊をいいだせなかった。それでいいとおもったのである。最少限「試行」の読者がよみさえすればわたしのほうにはかくべつの異存はなかった。」

　そうしていたら筑摩書房から本にしたいという話がきたから掲載の全号をわたしたが検討した結果うちからは出版できないと言われた、吉本隆明はそれはもっともなことだと思ったというようなことが書いてある、私は吉本隆明がまだやすやすとは出版されなかった頃を思うと、小島信夫風に言うならうっとりする。誰もがその人はその人だと知るより前、それはそれだと知られる前、それとこれとは違うと知られる前、……。

　それで私は小島信夫のカフカについての言及とそっくりだということの説明はどうなったのか？　デリダ＝守中高明というかフロイトが言ってることは、無意識の記憶は個人の中で閉じられないということだ、私は小島信夫のカフカについての文章のどれかを読んだから同じようなことを言ったり書いたりしているのではない、思考は個人の中で閉じられないということだ、こんな説明は説明にならない、犯罪捜査のようなエヴィデンスを根拠とする人は納得しない、これで納得する人はもともとそんなことはどうでもいいと思っているだろう、だいたい私自身がその説明をもっともらしくする気が今は失せている、しかしこの説明ははじめたらキリがなく長くなるだろう。

「人は言語によってつながっている（だから偶然のようにして同じことを考えることがあっても不思議ではない）」と、古井由吉はそういうような言い方をした、「無意識の記憶は個人の中で閉じられない」とか、「思考は個人の中で閉じられない」

というのはフロイトが正確にそういう言葉で言ったわけではない、憶えやすくいま私が考えた、考える拠り所とかユニットとして記憶して持ち歩きやすいものになっていればいいわけだ、そうしないと犯罪捜査の発想というか世界観にやりこめられてしまう。

もともと私は『「その日暮らし」の人類学』という小川さやかという文化人類学

者の『都市を生きぬくための狡知――タンザニアの零細商人マチンガの民族誌』という本を短く簡単に書き直した？　本が面白く、私は京都の加地君とか私がいままで出会ってきたたくさんのその日暮らしの人たちの生き方が強く静かに肯定されていると感じ、自分もまた元気が出てきたのでそのことにつなげて行きたかったが、それはまた別の機会に持ち越しだ、

「この社会の核には「悲しみ、懊悩、神経症、無力感」などを伝染させ、人間を常態として萎縮させつづけるという統治の技法がある。日本近代史のある時点で、統治がうまく活用することを学んだ技法である。」

　私は事あるごとに酒井隆史『通天閣』のこの一節を引用している、この抑圧的な統治の技法の外で生きてきた人たち、いい加減さを選んだというほどの計画性や意思もなくいい加減さに流される生き方をしてきた人たち、彼らはひじょうに敏感な嗅覚を持ち、

「あ、まずい、こっち行ったらちゃんとしてしまう、……」

　と人生の、安定志向の人は気づかない、ひんぱんに出会う岐路で機敏に、ちゃんとしない方を嗅ぎ分けてきた……なんて言ってもそうでない人にわかるわけないか、

……

一箇所だけ抜き書きする、

「タンザニアの若者たちは、予定表のない生き方を「前へ前へ　mbele kwa mbele」スタイルと表現するが、目標や職業的アイデンティティを持たず、浮遊・漂流する生き方は、わたしたちには生きづらいようにみえる。だが、「カネがない」の意味で「困難な人生だ」と語られることは多くても、前へ前への生き方に特別な不安感や空疎さを重ねる言葉をわたしはほとんど聞いたことがない。

その背景の一つは、本章の冒頭で述べたように、格差社会が問題化した日本とは異なり、タンザニアでは、日雇い労働や零細自営業を渡り歩く人びとこそが社会経済の主流派であることが挙げられる。定職に就く人びとのほうが圧倒的に少数派である世界では、前へ前への生き方が、特定個人や世代の気質として評価されることはないし、ふらふらと生きていることに引け目を感じたり、特別にカッコよいと喧伝したりする必要はない。

また、前へ前への暮らしの生きづらさは一面では、若者特有の情熱によって乗り越えられている。彼らは一日くらい食事を抜いても同じ境遇の仲間がいて明日を語り合うことが楽しいと思えるし、重労働をこなせる自らを誇れる。」

路上で衣類を売っている三十歳男性の言葉、

「子ども時代に豊かな暮らしを両親から与えられ、学校に通え、大人になって良い仕事を得た人がある日とつぜん仕事をクビになると、身動きがとれなくなってしまう。だが行商人は違う。商品をすべて盗まれても、翌日から歩き始める。そんな経験には慣れっこだからだ。」

読書実録〔スラム篇〕

この社会の核には「悲しみ、懊悩《おうのう》、神経症、無力感」などを伝染させ、人間を常態として萎縮させつづけるという統治の技法がある。日本近代史のある時点で、統治がうまく活用することを学んだ技法である。

「これはあなたの言葉ですか？　いい言葉だね。」
「酒井隆史という社会学か哲学か、そういうことを横断的にやってる人が『通天閣』という本に書いた一節です。」

それは本文でなく注のページに書かれたものだ、私は酒井さんと会ったときそれを言うと酒井さんはとても意外な顔をした、酒井さんはさして重要とも思わずに書いたのだった。しかしこれは忘れがたい、この社会の本質をズバリ突いている、私はもう何度この一節を書き写したことか。『通天閣』には逸見《へんみ》直造《なおぞう》というアナーキストのことが七百ページある厚い本の三分の一くらいも費やして書いてある、他にスラムのことがたくさん書いてある、この本のスラムのところを読んで私はスラムの明るさに驚いた。たとえばスラムの人たちは外の人たちより肉をいっぱい食べる、子どもたちは昼間路地で串に刺した牛バラ肉をスナック菓子でも食べるような気楽さで食べている、それに対してNHKスペシャルで放送した京都の旧家の食事はどうか、基本が一日三回一汁一菜で、月に二回だけ鮭の干物が出る、肉なんか全然出ない。

　スラムはスラムに暮らす人が内側からスラムについて語った言葉がない、どの言葉もスラムに生きていない人が外側からの論理や価値観や美意識で語ったものばかりだ、かつてスラムに暮らしたという人は今はもうスラムに戻ろうと思ってはいないのだからやっぱりスラムの外からの視点でしかない、スラムは内側から語られることはおそらく決してない。

　スラムをみんながみんな生きにくい、スラムから出たいのに出られないと思っているわけではなく、外の世界のことは知らないがスラムはけっこういいところだ、自分はスラムから出たいとは思わないという人がいたとしても、きっとその人はスラムについて語らない――と僕は考えるようになったんです。

内側から語る言葉、過去形としてでなく現在そのものとして語る言葉、そういう言葉を持たないということでは、小説家も演奏家も画家もダンサーもみんなそうだ――ということを、スラムを考えるようになってからますます考えるようになったんです。

「「小説のことは小説家にしかわからない」という私があなたに言ったとされている言葉も同じことになるね。」

「言ったとされているじゃなくて、先生は僕に言ったんです。」

「あなたが言ったと言うんだから私は言ったんでしょう。

それをあなたに言わなかったら、どこにも知られなかったんだから、私にしてみれば儲けものでしたよ。」

「なんかその言い方って、何時間もかけてようやく山道を登りきって、頂上に着いたら、

〈お疲れさま〉

と、自分の字で書いた紙が頂上の標識に貼ってあったみたいな感じじゃないですか。」

「カフカの短い話みたいだね、それは。」

「言葉っていうのは、自分ではじめに言った言葉だったとしても、こう（と、私は右手でトンビが頭の上の高い空を旋回するときのような円を描いてみせた）何人もの耳と口を経由して自分のところに戻ってくると本当らしさが増すんですよね。」

「それも私が言ったことなの？」

「いえ、これは僕が考えたんですけど、横尾忠則さんが似たようなことは言いました。」

横尾さんが言ったのは、絵を描きかけにして置いておいてそれをときどき見てると骨董が手垢がついて良くなってくるように目垢がついて良くなってくる、だった。

「それは画家のいいところだね。小説はそういう風にちらちら見るわけにはいかないからね。だいたい自分の書いた小説なんて読み返す度胸が私にはないですよ。」

でも先生の短篇は前は晩年のやつはよくわからなかったけど最近私は読み直すたびに面白い、何度読んでも前回より面白いと私は言った。私はそういうとき小島さんは横を向いたままで聞こえたんだかどうかもわからない、実際小島さんはだいぶ耳が遠くなっていたので聞こえていない可能性はあった、しかしもともと小島さんは自分の小説を話題にされてもちゃんと返事しなかった、それはたいていみんなそうだ、照れ臭いのもあるだろうが自意識が膨らむことへの警戒心が起こる、それも自意識といえば自意識だが質が違う。

「それで「小説のことは小説家にしかわからない」というのを私はどういうつもりで言ったんですか。」

「そういう風に言われるとますます僕の創作のように人は思いますけど（笑）、僕がデビューして三、四年した頃、自分の小説の読まれ方で混乱っていったら大げさですけど、まあ混乱ですよね、なんでこういう風に解釈されるのか、みんなわざと曲解してるとしか思えないような変な読み方をする……とか何とか、僕が先生にぶつくさ言ったら、先生がそうおっしゃったんです。

その小説のことを一番考えているのは書いてる本人なんだから、どう読まれるかじゃなくて自分の考えていることにちゃんと向かい合えっていう、——」

「評論家は評論家の考えで読んで、編集者は編集者の考えで読むからね。そこに持ってきて書いてる本人は確信があって書いてるわけじゃないときてるんだから。私だってつねにそうですよ、評論と違って小説は確信を殺《そ》ぐような表現形式だから、確信に基づく言葉は全部ピントがズレるんですよ。」

小島さんはホントに何といいことを言うんだろう！　私は小島信夫になった自分

に驚く。

比喩的というのか象徴的というのか、語られざる内面、当事者がどう感じているのか外から見たのではまったくわからないという話がSF作家のクリフォード・シマックの『都市』という短篇連作の形式をとった長篇小説にある、全八話の中の第四話でこの「逃亡者」と題された短篇はひときわ他とトーンが違う。

「シマックという人はスラム出身なんですか？」

「いや、全然違います。スラムのことはひとまず忘れてください。」

「そう言われても忘れられるものじゃないよね。」

「ええ、それでいいんです。」


人類が他の惑星への移住を進めている時代の話だ、人類は〈体質転位〉という方法を使ってすでにいくつかの惑星への移住に成功している、しかし木星は環境が悪すぎて計画が難航している、何しろ一立方インチあたり一万五千ポンドという恐るべき気圧だ、これと比べたら地球の深海だって真空みたいなものだ、しかもアンモニアの雨が休みなく激しく降りつづきすべての金属がたちまち腐蝕してしまう。

木星で最も知的と思われるのはローパーと人類が呼んでいる生物でこれは地表に

べったり張りつくみたいなアメーバかスライムのような形状をしていて手足や胴や頭の区別がつかない、最も知的とされてはいるものの人間はローパーとコンタクトできたことはないらしい、研究データ上このローパーが最も高等だから木星の表面に堅牢なドームを作ってその中で移住計画を進めているグループはこれまで〈体質転位機〉によって二人ずつ二組をローパーに〈体質転位〉させてドームの外に派遣した、しかし四人とも出ていったきり戻ってこない。

人間が木星で生きようと望むかぎりはローパーと同じ形態になる必要がある、しかし今回五人目のアレン隊員も単独でローパーの姿になってドームを出ていったきり戻ってこない、ドームの外に隊員を出すのはいよいよ死刑と同じことになった、隊長のファウラーは悩む。

「それとも――いっそ、なにもかもが、最初の出発から失敗の運命を持った不可能事だったのか？　他の生命体に変身することは、他の惑星においては功を奏した。だが、だからといってそれが、必ずしも木星にも適応されうるとは限らないのだ。あるいは、人間の知能が、木星の生命体に与えられている感覚器官を通しては働かないのかもしれない。

あるいはまた、ローパーがあまりに異質であるために、人間の持つ知能と、木星上の生存とのあいだに、共通の場がなく、そのため一切の協同作業の道が絶たれてしまうのかもしれない。

あるいは、失敗の原因は、人類の側に潜在しているのかもしれない――人類そのものの持つ固有の性質に。なんらかの精神的な逸脱が、彼らの木星上に発見したものと結合して、彼らがドームへ、人間へと戻ってくるのを阻むのかもしれないのだ。そうだ、地球上でなら、おそらくは最もあたりまえな、普通のものとして受け入れられる人間の精神的傾向のひとつが、木星という異質なものとあまりに劇しく衝突する結果、人間的な精神の健全さを一挙に失なってしまうのではないか……。

隊長のファウラーは老犬のタウザーに「おまえはまだおれが好きか」と語りかける、タウザーは尾をぴくりと動かした。ファウラーはとうとう決心する、犬のタウザーと二人でドームの外に出よう――と、ここで私が二人でと書くと、たいてい校正者は「一人と一匹とするべきではないか？」という疑問を書き込んでくる、私は横尾忠則さんと電話で「最近は毎晩、猫と二人で家の前の路地を散歩してます。」と言うと、横尾さんも、

「二人ではおかしいよ。」

と言った。

「猫と保坂さんなんだから二匹で、だよ。」

ファウラーは老犬タウザーと二人で〈体質転位〉を経てドームの外に出た、

「それは、いつも観測テレビを通して眺める木星の姿ではなかった。前から、多少はちがうと予期してはいた――が、こうまでとは想像だにしていなかった。彼の考えていたのはアンモニアの豪雨と、恐ろしい悪臭と、そして雷鳴をともなった凄まじい暴風雨だった。ちぎれ飛ぶ雷雲と濃霧と、宙天に燃えあがる奇怪な雷光だった。

その猛然たる土砂降りが衰え、小止みにちかくなって、赤と紫色の霧となって漂うとは、彼は予期していなかった。いや、その稲妻の、蛇のうねるにも似た模様が、絵のような空を横ぎるときの、たとえるすべもない美しささえが、彼の予想もしていなかったものなのだ。

タウザーを待ちながら、ファウラーは、身体の筋肉を撓《たわ》めてみた。柔軟な、弾力性のある力が、彼を驚かせた、そう悪くもないものだわい、彼は思うと、いつか、観測テレビのスクリーンを通してはじめてローパーを見たとき、なんという情ない姿の生物かと憐れむ気持ちになったことを思いだして、苦笑した。

無理はないのだ。生命ある有機体が、水と酸素のかわりにアンモニアと炭素によって生きているとは人間には信じにくいことだった。しかもそうした生命体が人類が感ずると同じ敏感な生命のスリルを味わうことができようとは、夢にだに思わなかったのだ。木星という濃密なガスの大渦巻の中に生きるということを理解することと自体が困難だった——木星に棲む生物の眼を通して見れば、木星が濃密なガスの大渦などではないということを、むろん知る由もなかったのだから。

風が優雅な指先を、触れるような感触で、吹きすぎて行った。と、ファウラーはそれが地球的な標準になおせば死のガスを乗せた時速二百マイルのすさまじい強風であったことを思いだした。」

——これ、SF？「夢にだに思わなかったのだ」とか「むろん知る由もなかった」とか、SFっていうより時代劇じゃね？

——だいたい、ローパーとかワケわかんない。木星に生物なんかいないくらい、いまどき小学生でも知ってるでしょ笑。

ネットの時代、雑多なレベルの言葉が目に飛び込んでくる、ひどい的外れで不愉快なものほど記憶から追い出しにくく、書くときに共通了解をどこに設定するか、に影響する。人だかりの向こうから石つぶてを投げてくるようなこういう言葉に出会うと、いまの子どもたちは教室の中でもこういう言葉の石つぶてに常態としてさらされているのかと感じる、まさに酒井隆史が書いた、

「人間を常態として萎縮させつづけるという統治の技法」だ、みんなそれの片棒を担いでいる、統治の末端の役割を自覚なく日々励行している、

「先回りして的外れな言葉をこっちで全部書いちゃうっていうのも面白いかもよ。」と横尾さんなら言うかもしれない、そんなこととしてもキリがないと私が言うと、

「的外れな言葉をもっとどんどん煽らないとアートじゃないね。」と言う、的外れな言葉でブレるのはこっちが弱い、こっちはそれらがまとわりつけないくらいにどうとかなればいい、

「じゃあ、つづきを読みます。」

「あ、アレは朗読だったの？　ぼくは耳が遠いから聞こえなかった。」

「それはロ－パ－みたいかもしれません。」

『都市』は一九五二年にアメリカで出版された、日本語訳は林克己他の訳で一九六〇年に出版された、翻訳はその一九六〇年以来改訳されていないみたいだ、今はこれは絶版、もっと言うと『都市』は短篇の連作でこの「逃亡者」は一九四五年に雑誌掲載された。

「ここちよい芳香が体内に浸透してくる——だがそれは、嗅覚に感ずるにおいでは

なかった——彼の記憶にあるどんなものとも違っていた——それはまるで彼というものの存在自体が、ラヴェンダーの感覚を吸収したかのような、さわやかな感じだった。しかもそれはラヴェンダーではない。それは何か——いいあらわす言葉のない何かだった。おそらくは、これが、いまから無数にぶつかる用語上の謎のはじまりなのだろう。なぜなら彼の知ってる言葉、地球人としての彼の思想を伝える象徴は、木星の生物としての彼の思想を伝えてはくれないのだから。

ドームのエアロックがあいて、タウザーがまろび出てきた——いや、タウザーに違いないと、ファウラーが思ったのだ。

彼は犬に呼びかけようとした。心の中で、言おうとする言葉が形成された。が——口がきけないのだ。言おうにも言い出す方法がないのだ。言葉を言う器官を、ファウラーは持っていないのだった。

一瞬、彼の心に、混濁した恐怖が旋回した。頭脳をつきぬけて、小さな、やり場のない恐怖の泡が浮きあがってきては渦を巻くのだ。

木星人はどうして話すのだろう？　どうして……？

そのとき、ふいに彼はタウザーの存在を意識した。タウザー。地球から、彼に従い、いくつもの遊星をめぐってきたその毛深い動物の、燃え立つような、熱烈な友情を、彼は感覚的に感じたのだった。彼の頭脳の中で、さっきまでタウザーだったそのものは、彼に近づいたかと見る間にぴたりと坐った——坐ったように感じたということだ。

そして胸の中に、つきあげてきた喜びから、ふいに言葉が生まれたのだ。

「来たな、相棒！」

それは言葉でなく、言葉以上のものだった。彼の頭脳の思考の象徴が、言葉などでは決して持てない深いニュアンスを持って、犬の思考の象徴と相通ずるのだ。

「どうだ、タウザー」とファウラーは言った。

「すてきな気分だよ」とタウザーが答えた。「小犬の時代みたいな気分だ。近頃は、おれもすっかり老けて、がたがたになったみたいだったんだが。（略）」

「し、しかし、おまえ……」ファウラーの思考は不器用に乱れた。「おまえ、口をきいているんだな！」

「もちろんさ」と、タウザーが言った。「おれはいつでもあんたに口をきいてたよ。それなのに、あんたに耳がないもんで、聞こえなかっただけの話さ。おれは何とかして聞いてもらおうとしたんだが、とうとう根が続かなくなっちまったのさ」

私はここで『愛しのオクトパス』という本を連想する、サイ・モンゴメリーというナチュラリストが書いた本だ、サイ・モンゴメリーは『幸福の豚』という本も書いている、『豚』は全米でベストセラーになった、「ナチュラリスト」というのが職業なのか社会学者みたいに専門分野を指すものなのか、日本ではまだよくわからないが『愛しのオクトパス』はタコの知能がひじょうに高く、喜怒哀楽に富み、八本の足に合計一六〇〇ある吸盤のひとつひとつが独立に感覚を持ち、たとえば好物のアジを足の先に渡すとタコはいきなりそれを口に運ばずに吸盤の上をベルトコンベアーのように移動させて口まで運んでいく、なんでそんな手間のかかることをするのか？　タコは人間が好物をゆっくり咀嚼するように二〇〇ある吸盤のひとつひとつでアジを味わっているからだ——と言うと、「アジを味わう」とオヤジギャグを言って話の腰を折る人がいる、それなら、さっきのネットの石つぶてもそういうものだと思って無視するのがいい、この『愛しのオクトパス』はタコと緊密なコミュニケーションを持った人たちの記録というか言葉で、ローパーになった老犬タウザーの言葉はそれとつながっていく。

ローパーになったファウラーとタウザーは自分たちが木星に適応した体と能力を持っていることを次々に発見してゆく、二人は軽快に動き回る、アンモニアの滝が数百色の虹になっているのを見る、滝の落下の震動が暖かい春の丘に立つ尖塔から

聞こえる鐘の音のように美しく響く、——人間という拘束から解放されたのだからやっぱりここは二人でなく二匹だ、

「「タウザー！」ファウラーは叫んだ。「タウザー、ぼくらに何か起こったぞ！」

「ああ、判ってる」タウザーが言った。

「頭脳の中にだ。頭脳が、フルに使えるようになったのだ。脳細胞が、残らず、最後の最後の一個まで働くようになったんだ。地球人の頭脳は、自然と、働きが鈍く緩慢になっていたんだ。（略）」」

彼らは地球の動物の肉体よりはるかに敏速で鋭敏な肉体となった、生命のより深い喜びやより深い智慧や鋭い精神を持った、地球人が夢想だにしなかった美の世界を知った。いままでドームから出ていった隊員たちが戻ってこなかった理由はこういうことだった。

ファウラーは戻らないでドームにいるみんなを心配させるわけにはいかないと考え、一歩二歩、戻りかけたがそこで動かなくなった。ファウラーとタウザーはドームに戻らず、このままローパーとして生きることを選んだ。

私は『都市』のこの「逃亡者」というほとんど独立した短篇を抜き書きしたのは

スラムの話からだった、スラムは外の社会から語られるばっかりだ、スラムの中に暮らし、スラムを出ようと思わず、スラムの暮らしにもいいところがあると思っている人がいてもスラムを外から語る言葉しかないからその人たちは何も語らない、語りたくても語る言葉がないがもともと何か語る必要があると思っていないかもしれない。もしかすると自分のことを語ろうという意識を持つことがスラムの外を志向することなのかもしれない。

たとえば山の中でたった一人で隠遁生活をしている人がいるとする、その人が山の中で山川草木と自他未分化の境地に生きているならその人は自分のことを誰かに語ろうという意識を持たない、そんなものから解放されている、その人は山を降りず、その人の内面は誰からも知られることがない。『通天閣』を読むとスラムのポジティヴな面が書いてある、『通天閣』を読むとこれと同じことがありうるんじゃないかと感じる。

スラムは、貧困であり、非衛生であり、無秩序であり、人々は無計画であり、暴力が日常的であり、さまざまな原因によって短命であり……と規定するのは政治や社会の立場だ。スラムに暮らす人たちの内面がスラムの外の言葉では語れないものだとしたらどうか？

無秩序と見えているものが〈秩序－無秩序〉の二分法とは別の動的な均衡状態なのかもしれない。無計画なのは芸術はみんなそうだ。戦場ジャーナリストや登山家・冒険家は安全な日々の中にいると不安になる、危険にさらされている方が居心地がいいと感じる人がいる、そのときの不安とか居心地がいいは社会にそれに適した言葉・概念がないからその人たちは間に合わせで同じ言葉を使っている。

　スラムと聞いてすぐに社会や政治の立場で語るのはそれ自体が政治的で社会的である説得性を持つ、スラムと聞いて隠者と同じかもしれないと考えるのはまったく政治的・社会的視点を欠いている——という比較はカフカを政治的・社会的に読むことと同じと感じる、カフカを政治・社会から切り離す読み方は思いのほか強い批判がくる、カフカの無計画性やそれゆえの筋の記憶できなさ、最も取るに足りないと見えるものこそここでは重要なのだというようなカフカ独自の論法をいくら強調してもそういう人には通じない、

「カフカを現代社会と切り離して読む読み方に意味があると思えないし」

と言った友達もいる、だいたいカフカの小説をいくつも読んだことのある人は意外なほど少ない、カフカはろくに読みもせずイメージばかり流通している、読んでもたいがいの人はイメージどおりに読むか別のイメージをつけ加えるだけだ、ろく

に読んでいない人はカフカは作品でなくイメージこそが現代社会において大事なんだと言うんだろう。

　それにしてもだ、友達がここで使った「……に意味があると思えないし」というこの構文の、既定路線で変更しようがないしする必要もないと感じさせる頑強さはどういう語法の効果なんだろうか、語法の問題でなく私が子どもの頃からこういう壁のような頑強な物言いに撥ね返されつづけたその記憶によるのだろうか。

　政治的に正しい立場は通用しやすい、しかし私は正しいというところが変だ、怪しい。というかやっぱり正しいことはいいことではない、というか気に入らない、

「相変わらずね。」

　という声がした、

「学級委員みたいじゃないか。」

「あたしが？」

「じゃなくて、正しいっていうのがだよ。」

「子どもっぽさが増したんじゃないの？」

　正しさを基準にする人は自分の価値観を押し付けるが正しさを基準にしない人は価値観を押し付けたりしない。

私はたんに自分が北海道の友達のところに夏休みに遊びに行ったのが七五年だったか七六年だったか確かめたくなった、そのとき私は北海道に紅テントの唐十郎の戯曲が載っていた『月下の一群』という週刊誌サイズの季刊の文芸誌みたいな雑誌の創刊号を持っていった、『月下の一群』を見れば北海道行きの年が確かめられる、それで調べるとアマゾンのマーケットプレイスでわずか千円で売られていたから買った、するとそれに若松孝二の「パレスチナ報告」というインタビュー記事があった、『月下の一群』の創刊は七六年六月だった、『月下の一群』は唐十郎が編集長だった、私はその頃唐十郎の大ファンだった、『月下の一群』は二号で廃刊になった、私が「パレスチナ報告」をそこで見つけたのは何かの縁だ。

「フランスを発ってベイルートに向かったのが二月の十五日。ある人を探してきてほしいと日本で頼まれていたので、探しに行ったんです。飛行機の中でも、空港でも日本人は僕一人で、言葉もうまくしゃべれないし困ったけれど、七三年にも行ってますから、そのとき泊まったホテルでひとまず落ち着くことにして、空港からタクシーに乗って行先を告げたんだ。ところが運転手の答えはノー。おかしいな、と思ってよくきくと、そのホテルはこの前の内戦で破壊されちゃって今や全然ない、

というんだ。（略）

僕は一、二年に一度は必ず向こうへ行きたいと思う。それは自分自身のためなんだ。日本で生活しながらいろいろやっていると、自分自身がだんだん荒んでくる、自分の心が濁ってくる。それが、向こうのキャンプ生活の中に入って、コマンドたちのやさしさや思いやりに触れたり、いろんな人たちと出会ったりしていると、すっと洗われる。僕とアラブとの出会いというのは、そういう、やさしさとか思いやりのある人間との出会いであるわけだ。アラブへ行くというと、すぐ日本赤軍との接触とか、あるいは、また何かやるんじゃないかなんて、警察ががたがた嗅ぎ回ったり、マスコミが皮肉っぽく書いたりするけれど、何よりも自分自身が洗われるということで行くんだ。」

若松孝二は戦場ジャーナリストや登山家のように日常から出て危険なところに行く人の気持ちをたんたんとしゃべっている、私はこれに心打たれるというような大げさな気持ちでなく、もっとずっと緩く、「いいなあ……」と思う。これとだいたい同じ頃ジャン・ジュネもパレスチナに行った、それをジュネは『恋する虜』に書いたり『シャティーラの四時間』という短い中篇くらいの文章にしたりした、『公然たる敵』（鵜飼哲他訳）という死後に出版された晩年のインタビューと文章を集めた本に収録されている八三年のインタビューで質問者が、「あなたが『シャティーラの四時間』や他の文章でいつも語っているのは、あなたが見たものの中にある美しさだ。」と投げかけると、ジュネはこう答えた、

「私は銀行にも行ったことがある。だが美しさを感じさせる銀行員というものには、一度もお目にかかったことがない。それで私は思うんだが、あなたの言う美しさとは——それは私にとっても問題であり、だから自問しているんだが——、あなたが語り、私がその本のなかで語った美しさとは、反抗する者たちが失っていた自由をふたたび取り戻したということから来るのではないだろうか。」

ジュネはこうも言う、

「この美しさは、かつて奴隷だったものが奴隷の境遇、服従、隷属から自分を解き放ち、フランスからの自由を、黒人ならアメリカからの自由を、パレスチナ人ならいわばアラブ世界全般からの自由を獲得しようとするところにある。」

私は若松孝二のインタビューを見つける前にジュネの文章を読んでいた、インタビューのつづきを抜き書きする前にジュネの文章を抜き書きするのがいいと思う、これは一九七四年七月一日の『ル・モンド・ディプロマティック』に発表された『ジャバル・フセインの女たち』という文章だ、『ル・モンド』紙の増刊とかそんな

ものだろうか、爆撃を受けて廃墟のようになったパレスチナ・キャンプでの光景だ、短いから全部書き写す、

最初のイメージとその調子《トーン》は、アンマンの高台に聳える地区、ジャバル・フセインで、四人のパレスチナの女たちから私に与えられた。年老いて皺の寄ったその四人の女たちは、火の消えたかまどの周囲にうずくまっていた。かまどと言っても、黒ずんだ石コロが二つ、三つ、それにデコボコになったアルミニウム製のティーポットがあるだけだ。彼女たちは私に座るようにと勧めてくれた。

——あたしたちは我が家にいるんだよ、ね。お茶をどうだい？（彼女たちは微笑んでいた。）

——我が家？

——そうだよ。（彼女たちは笑う。）火をおこすのにも、もう石コロしか残っちゃいないけどね。あたしたちのぼろ家は焼かれてしまったのさ。

——誰にです？

——フセインだよ。あんたはフランスから来たんだね。あんたの国はアラブを支持してるって話だね。それで、フセインとアラブ人の区別をつけられるのかね？

ここで、フセインに定められた運命について、この四人の女たちの間でかなり陽気で賑やかな議論が繰り広げられた。彼女たち自身もまたとても陽気で、不幸を突き抜けていたが、戦いの準備はつねにできていた。

――男たちはどこに？

――息子たちはフェダイーンで、山のなかにいるよ。

――他の人たちは？

――あそこだよ。

とても痩せた、そしてとても美しい手に具わった、細くとがった人差し指が、近くにある小さな中庭を私に指し示した。

――みんな埋葬したんだ、あそこに。

それは、老人や女や子供たちのことだった。私が「難民キャンプ」のことを話したときに、やさしく、だが毅然として私に応えてくれたのは、この女たちのうちの一人だ。

――あんたが言いたいのは、軍事キャンプのことだね。今じゃ、キャンプではみんな武装していて、闘うことを習ったんだ。

女たちの内にある抵抗の手段の方が、おそらく、男たちのなかのものより大きかった。彼女たちは、行動とその行動の内における慎み深さの驚くべき貯えを持っているように思われた。私はある日、一人のパレスチナの女性に向かって、たぶん女たちの方が落ち着いて革命の手段を検討している、と語ったことがある。

——革命をおこなっている連中のことは、と彼女は私に笑いながら言った——彼らのことは私たちが知ってるさ。私たちがこの世に生み落としたんだ。連中の強さも、弱さも知っているよ。

——つまり、愛しているのですね。

彼女は五十歳くらいだった。微笑んでいた。

——私が彼らのことをよく知っているのは、愛してるからだよ。お茶を飲むかい、それともコーヒーにする？

彼女の息子、娘と婿は、息子がファタハに属するフェダイーで、残りの二人はアル・サイカに加わっていた。

女たちの方がより早く、はっきりとした解決に到達するように私には思われた。

Hは二十二歳で、イルビトで私を自分の母親に紹介してくれた。断食月《ラマダン》の時期で、ちょうど正午に近い時刻だった。

——この人はフランス人だ。それからフランス人というだけじゃなくって、キリスト教徒でもないんだよ。神様を信じてないんだ。

彼女は微笑みながら私を見た。彼女は次第に悪戯っぽい目をし始めた。

――それじゃ、この人は神様を信じていないというわけだから、何か食べ物を出してさしあげなくちゃいけないね。

息子と私のために、彼女は昼食を準備してくれた。

彼女自身は、日が落ちるまで食べ物を口にしなかった。


注も書き写すと、「ジャバル・フセインは、アンマンの丘陵に位置するパレスチナ人のキャンプ。ナパーム弾を用いたフセイン国王の軍隊による攻撃の際、ほぼ完全に破壊された。」かまどの女性が言ったフセインというのはヨルダンのフセイン国王のことだ。「ヨルダンは、他のアラブ諸国と共にイスラエルに対する戦争に加わっていたにもかかわらず、フセイン国王は自国の領土内にいるパレスチナ勢力に対する襲撃を命じた。」

　ここの注にはないがフェダイーンは兵士の複数形であとに出てくるフェダイーがそれの単数形だ、注まで書き写したのは、またこれからつづきに戻る若松孝二のインタビューがちょうど同じ爆撃を指しているからなのだが、同じ事態を語るそれを

読む印象が私はずいぶん違う、何がどう違うんだろうか、

「ジェラシマウンテンというキャンプがヨルダンとイスラエルの国境の砂漠にある。ここの状態なんか相当ひどいよ。たしか七一年の六月だったと思うけど、この前日本に来たヨルダンのフセインに総攻撃をかけられている。つまりそこは、ヨルダン政府とイスラエルの両方から無茶苦茶に叩かれた。その時も僕はそこに行っていたんですが、総攻撃のはじまる三日前に山を降りるように言われた。おそらく、総攻撃の情報が入ったんで隊長がそうしてくれたんだと思う。ベイルートに帰って新聞を読んで、はじめてそれを知った。今度行ったとき、その隊長に会えて感激したが、本当に死の一歩手前で逃げることができたらしい。」

注の書き方だとどういうことが起こったかわかるが若松孝二の言い方だと爆撃があったことしかわからない、若松孝二は爆撃とも言ってない。

でもここで注のようにわかることはどうなんだろう、わかることで逆に事態は遠くなってないか、私がいま書いているのが歌なら、歌はもう一度ジュネのかまどの女たちをリフレインし、もう一度若松孝二のインタビューのここをリフレインするだろう、ジュネの文章の冒頭の「最初のイメージとその調子《トーン》」というのは映像と音ということだろうか、もっと全体のまさしくイメージとそれを被う、それが醸す色

調や気分ということだろうか。

ジュネも若松孝二もヨルダンによる攻撃を糾弾したいわけじゃない、関心の中心はそこにない、糾弾はジャーナリストの仕事だ、だいいち今さらそれは遅い、ジャーナリストは悲惨さを強調するだろう、ジュネも若松孝二も悲惨だと書かない、ジュネは彼女たちはとても陽気で不幸を突き抜けていたと書いた、その陽気さは戦いの準備がつねにできていることによる、いやその逆か、どっちが先とは決められない、インタビューで言った、反抗する者たちが自由を取り戻したことからくる美しさだ、若松孝二はつづける、

「ただ、こういう状態にあっても、彼らは不思議に明るいんだ。かつてイスラエルに、ちょっと困っているから雨宿りさせてくれっていうんで軒下を貸してやったら、ここはおれのウチだからお前ら出ていけって、全部乗っ取られて追い出された。その人たちがみじめな状態におかれている、こんなバカな話があるか、これは許せないじゃないか、と僕は思うんだ。日本でできるなら、パレスチナのために何かやりたいという、そんな形でパレスチナとの出会いがある。しかし、彼らは自分たちのこと、みじめだという風には思っていない。燃えているんだ。

ベイルートのシャティーラというところに、ガッサン・カナハニを記念した保育

所がある。ガッサン・カナハニというのは、アル・ハダブという週刊誌を出していたPFLPの男で、二、三年前にイスラエルに時限爆弾をしかけられて、車の中で姪と二人で殺されたんだ。この人の奥さんがやってる保育所でね。ほとんど両親のいない子供を預っています。僕が行ったとき、アラブの踊りを踊って見せてくれた男の子も、その三日前に両親が右翼に誘拐されて殺されたというんだ。その子も二日間ぐらいは両親を呼んで泣いていたのが、この保育所へ入って三日目ぐらいから元気がよくなって、日本のお客さんだからというんでアラブの踊りを見せてくれた。僕もほろっと涙が出てしまったけどね。そういう風に、なにかこう明るいんだな。キャンプでも、こういう保育所でも明るいというのは、オリーヴとオレンジの実る自分たちの故郷へ、いつかはどうしてでも帰るんだという自分たちの目的、それが彼らを明るくしているという感じがありますね。

日本へ来たことのある絵描きさん、女の人で、アルハダブにいるんだけど、その人に紹介されてある詩人に会っていろいろ話をしたんです。僕が「あなたはどうやって飯を食ってるのか」と聞いたところ、「もし自分が食えなければ友達が食わせてくれる」と言うんだ。金とかそういうものに変な執着心が全然ないんだね。親切というのか、相手の立場に立って物事をするというのかな。たとえば、彼らが食事をしているのを見ていると、他人の分をよそってから自分の分は半分ぐらいしかよそわない。他人に全部やっちゃって、自分はその残りでいいと言う、これはひとつの彼らの思想だね。こういうことで、僕自身が洗われるということがある。日本にいるとどうしても、金の汚なさ、人間のいやらしさ、そういうものの中に長くいることになって、汚なくなってくる。向こうへ行くと、それがよくわかる。だから日本に帰ってくるのがいやになってくるんだね。よく日本赤軍がアラブへの一本釣りをやってるって言われるが、あれはウソだ。向こうで旅行してて、コマンドたちとどこかで会って友達になると、今まで自分の国には全然なかったやさしさがそこにはあるんで、すっと入って行ってるんじゃないかと思う。」

このあと若松孝二は日本のアラブへの経済侵略について言う、日本では中核と革マルが内ゲバやったり左翼同士で路線が違って言い争ったりしている、そんなことより敵が誰で、それを倒すには何をしなければならないかをちゃんと考えなきゃダメだと言う。

私はいま気がついた、ジュネも若松孝二もキャンプに支援物資を全然持っていってない、それどころかなけなしのかまどの女たちから食事をもらったりしている。

私はゆうべ若松孝二が一九六九年に撮った『狂走情死考』という当時のピンク映画としては珍しい全篇カラーの映画の、ほとんど全篇地方ロケの、ピンク映画のはずなのにほとんど裸が映らない映画をＤＶＤで観た、そこではまだ煙を吐く蒸気機関車が走っている、若松孝二が言っている敵というのはここでは資本主義とか国際資本主義を指していたのだろうが、敵はもっと大きい進歩や近代化だったと、低予算で撮影期間も短いピンク映画ゆえに無雑作にそのまま映っている地方都市の、雪が降り積もる道やそこに立っているそこに暮らしている子供と中年の女性、鳴子温泉に行くために降りた鳴子駅の駅周辺の風景と人々が、制作者の意図と別のところで証言している。

地方に行って街中でロケをするというのは風景が語るならそれに任せようと、とりわけ演出が綿密でない、一般の映画のように時間をかけて作り込まないピンク映画の人たちはそういうことも緩く考えていたのだろうか。私が一度だけ関わったピンク映画はそれから十一年もあとの八〇年だったが勝浦にロケに行き選んだ場所はすべて人家のない山の中だった。ということは逆に、街の中で撮るということはそこに暮らす人が演出なしに映ることは当然計算に入っているし六九年の映画はその子供がいるところをわざわざ映している、子供は珍しそうにじっとカメラを見つめて雪が降り積もる道にいつまでも立ち止まって動こうとしない。

さっきの八三年のインタビューで質問者が「我々はパレスチナの戦闘のニュースがあたり前になってしまったために、現実でなく非現実と感じているように思う、そのことについてあなたはどう思うか？」と言うと、ジュネは、

「むしろ私にしてみれば、すべてを非現実に変えてしまうあなたがた（マスコミ）のことを強調しておきたい。」と答える、「あなたがたがそうするのは、そのほうが受け入れやすくなるからだ。現実のキャンプに本物の手紙を運ぶ女よりも、非現実的な死者、非現実的な虐殺の方が結局は受け入れやすいものだ。」

この非現実という言葉はフィクションと読み換える方がわかりやすい、テレビや新聞の報道は現実を伝えるのでなく現実をフィクションに変える、さっきの注のわかりやすさはそれと関係しているだろう、「わかる」「わかった」と思った途端に現実はフィクションになる、あるいは伝えるという行為が現実をフィクションに変える、

「あなたは前にフロイトの無意識はフィクションだと言いましたねえ、」

「言いました。事実として確かめられないとか、ふつうに物がここにあるとかないとか、子ども時代の記憶としてあるものが本当にあったか確かめられるか確かめら

れないかとは違う次元のことだという意味です。」もちろん私はこんなことをすらすらしゃべれるわけがない、私は考え考えしゃべった、

「そのフィクションとこのフィクションは違うわけだね、」

「違うっていうことだと思います、先生もわかっているのに、いちいち、――」

「私はあなたの言うことはいつも半分しかわかってないから、――」

「でも僕は先生が言ったり書いたりしたことをあらためて言ったり書いたりしているだけですよ。(笑)」

「それもフィクションということだねえ、」

八三年の質問者は「二大超大国が牛耳るこの世界で、革命とか反抗にまだ意味があるだろうか」と訊いてくる、ジュネは言う、

「一人一人の人間の反抗はなくてはならないものだ。人は日常のなかで小さな反抗を遂げるものだ。ほんの少しでも無秩序をきたすやいなや、つまり特異で個人的な自分だけの秩序をつくり出すやいなや、反抗が遂げられるのだ。」

ジュネも若松孝二もある特定の社会を実現させるための革命へとつながる反抗をしたいのでない、一人一人の反抗が可能な社会をいいと言っている、今風の言葉で言えば、一人一人の反抗が可能な社会を擁護している、――

二人とも、反抗、勝手な秩序（やり方）、異分子、暴れん坊、困り者、……を人生において実践したわけだ、ジュネのここでの発言は社会における反抗を肯定しただけだが、反抗を肯定するということは反抗が可能な社会を肯定したことだったと、反抗の具体例が見つけにくく、反抗というもののイメージがよくわからなくなった今のこの社会になって気がつく。

バカがバカでいられない、バカがただのバカでしかない、――

「私はさっきから、あのSF小説の方の木星人の体になって木星の大気中に出ていったら、地球人とは全然違う風に景色が見えたという話ね、あの話のことを思ってたんですが、放哉や山頭火はどうだったんだろうと想像するんですよ。」

山頭火は「分け入つても分け入つても青い山」の種田山頭火だ、放哉は「咳をしても一人」の尾崎放哉だ、私は尾崎放哉を知ったのが遅く九〇年代も後半だった、私はすでに四十をすぎていた、私は知ってすぐたまたま小島さんと電話してて放哉を話題にした、そのとき私は、

「ホウヤ」「ホウヤ」

と言った、小島さんは聞こえてなかったのか、細かい間違いは気にしなかったの

か、私の「ホウヤ」をスルーして「ホウサイ」と言った、小島信夫には『原石鼎』という私がその本のタイトルで見るまで名前も知らなかった俳人の評伝がある、

「頂上や殊に野菊の吹かれ居り」

という句は芭蕉の「古池や」に並ぶ名句とされているそうだ、しかしその前に私は詩人で国文学者の藤井貞和が書いているこんな一節を忘れていたのを思い出した、

「そっちから先に話していいですか?」

「どうぞ。私にはもう時間はいくらでもありますから。」

『常陸国風土記』にある記述だ、藤井貞和は言う。

「それら、滅ぼされてゆく先住民が、ほんとうは音楽を愛し、うれしいときに歓びもし、咲《わら》いもするひとびとであったことを知って、悲しいきもちにおそわれるのである」

夜尺斯《ヤサカシ》、夜筑斯《ヤツクシ》という二人の先住民(国栖《クズ》・土蜘蛛)の首領がいて、建借間命《タケカシマノミコト》率いる大和朝廷軍に対して、穴を掘り砦を築いて抵抗をつづけた、そこで建借間命は一計を案じ、兵を集め攻撃の準備を整えたのち、

「厳シク海渚ニ飾リ、船ヲ連ネ桄《イカダ》ヲ編ミ、雲ノゴトキ蓋ヲ飛バシ、虹ノゴトキ旌《ハタ》ヲ張リ、天ノ鳥琴、天ノ鳥笙、波ノマニマニ潮ヲ逐ヒテ、杵島《キシマ》曲ヲ唱フコト、七日七

夜、遊ビ楽《エラ》キ歌ヒ舞ヒキ。（海辺を荘厳に飾りたて、船をつらね、いかだを組み、雲のように衣笠を飛ばし、虹のように旗を張り、天の鳥琴、天の鳥笛は潮を追い、波にただよって美しく高鳴り、杵島ぶりの歌曲を歌って実に七日七夜も遊楽し、歌舞した。）

時ニ賊党、盛リナル音楽ヲ聞キ、房《イヘ》ヲ挙リテ男モ女モコトゴトニ出デ来テ、浜ヲ傾ケテ歓ビ咲《ワラ》ヘリ。（そこで賊党は、盛んな音楽を聞き、家から男も女も全員出てきて、浜もゆるがさんばかりに歓喜し、咲っている。）」

藤井貞和は書く、

「「男も女もことごとに出で来て、浜を傾けて歓び咲《わら》へり」という奇妙な明るさはおそらく『古事記』『日本書紀』の世界をつきぬけたむこうがわの奇妙な明るさであるにちがいない。透かして見る奇妙な明るさを持つ原始心性を閉ざしながら、『古事記』『日本書紀』の世界はこちらがわへやってくる。」（『源氏物語の始原と現在』の「芸術の発生の日本的構造」）

ジュネも若松孝二も藤井貞和も明るさ、陽気さを強調している、もともと私は『通天閣』で酒井隆史が書いたスラムの明るさから話をはじめたのだった、私は七百ページもある『通天閣』からスラムの明るさについて書いた箇所を捜し出さなければならない……と思ったら、しっかり付箋も傍線も書き込んであったので、簡単に見つかった、「第四章　無政府的新世界」の「9　方面委員、借家人同盟、侠客——都市に埋め込まれた三つの調停機能」にあった、こうして言葉を書き写していくだけでワクワクしてくる、新世界は通天閣のまわりの地域のことで方面委員というのは行政側からの民生委員のようなものだろうか、

「方面委員の報告の記録には、この時代の「貧民窟報告」に共通するある特徴がある。すなわち、その貧困につらぬかれているはずの地域には、ただたんに過少が支配しているだけではなく、奇妙なかたちで過剰が織り込まれていることである。性の乱脈はもちろん、娯楽への貪欲もそうである。それに、路地にひしめく子どもの過剰はだれもが書き留めずにはいられない。しかし、とりわけ食物だ。黎明期の釜ヶ崎を記録した村島歸之《よりゆき》の『ドン底生活』も、わずか三町の距離に一〇〇軒ちかい飲食店のあることに瞠目し、お菓子のかわりに肉にかぶりつく子どもたちの姿を書き留めている。「彼等は甘つたるい大福餅二個を喰うを欲せず大枚一銭を投じて噎《む》せかへるやうな香のする肉に舌鼓を打つのである」。過少にさらされた陰惨な生活がいわばモノクロで描写されていても、食事の習慣となるとがぜん極彩色でその猥

雑で旺盛な舌の快楽がえがきだされる（むろん、これは差別ときわどく交差している）。明治期、松原岩五郎によって書き留められた、東京の名だたるスラムの祝祭的ともいえる食の過剰の毒々しさはもはや失っていても、その名残はいまだかいまみえるのである。そして、この享楽こそ、社会事業家のプロテスタント（小河であれば儒教？）的精神が剝奪を試みてやまないものなのだ。小河滋次郎も、貧民の「食倒れ」の習慣について述べている。自分たち「中流者」にもめったに口にすることのない魚菜で、かれらには日常的に口にされるものもめずらしくない。一膳メシ屋をのぞいてみても、そこには自分たちの貧しい台所がみることもできないような「侮るべからざる美酒佳肴」が並んでいる。それに間食である。間食は細民に特有の悪弊であり、「母親と子供と、毎日殆んど間食競争を為してゐるといふやうな例も珍しくない」。

貧困とはただ過少を意味しているのではない。それはまた過剰とも親密なのだ。」

「その松原岩五郎という人が、祝祭的なほどだという過剰な食事のことは何と書いてるんですか？」

「先生はそこを訊いてきますか、――そうじゃないかと思っていま取り寄せてるところなので、しばらく待っててください。」

「放哉と山頭火は、隠遁生活のようだったり、お遍路さんや托鉢のようだったりした生き方をしましたよね、じっさい山頭火は出家得度したことになってますけど、ことさら身をやつして、演劇的に粉飾した、というのもアレですけど、私の父がどうにも手の打ちようがなくなると困って火鉢に体を伏せて聞こえよがしに一晩中唸っていたようなところが、私にもあるんですが、これは小説にも書いたことだけどね、救いのなさを演じることだけが救いになるように思えることが人生にはあるんですよ。

じゃあ、その外に出ればいいじゃないか、なんて簡単なことじゃなくて、外はもっと絶望的に救いがないんですよ。」

「尾崎放哉は最後、小豆島でお寺の庵に住んだときに案外気難しかったとか、怒りっぽかったとか評伝で書いてる人がいるんですが、そんな人があいう力の抜けた俳句を作れないと思うんですが、――」

「俳句、放哉のような五七五より短い溜息ひとつ分くらいの句でも意図的に作られているんですよ。」

私は放哉の句集をめくった、「墓のうらに廻る」「窓あけた笑ひ顔だ」こういう思いっきり短い句は案外少ない、「入れものが無い両手で受ける」「なんと丸い月が出たよ窓」「ひどい風だどこ迄も青空」溜息ふたつ分くらいはある、いや溜息は一回でこれより長いか、『うるわしき日々』の中の溜息をつくくだり、

「老作家は、隣室の妻に聞こえるか、聞こえぬか、どっちともつかぬ程度の溜息をついた。

それは、見えすいた狂言にも近いもので、溜息の音を色々調節してみせ、恥かしさのために止めるどころか、次第に臆面もなく音を大きくし、悟られると分ると思えば急に小さくしたり、しばらく止めて様子を見ているのであった。

そんなことは、ずっと、ずっと前に見たことがあった。聞いたことがあるといった方が正確である。箱火鉢の上にうつぶせになって、嘆いている彼の父の姿を見た記憶があるが、だんだんうつぶせの度合を大きくしただけで、声は出さなかった。

それはやはり、寝床の中でのことであった。その音をおぼえている。彼は母親と枕を並べて寝ていたので、フトンの向う側に寝ていた父親の音をきいていた。

「お父っつぁん、どうしんさった？」

と、母がいった。

すると父の音は止んだが、しばらくするとまた開始した。

八十を過ぎた作家がしていることは、七十年以上も前に、彼の父がしたことであ

った。ひょっとしたら、息子もまたしていたことかもしれない。

まことに、その、

「どうしんさった？」

と、母にいわれて父の溜息——唸りとも、叫びともつかぬ音が、一時やむところがミソであった。父のしていたことは、半ば遊びであるのかもしれない。彼の父はそういうことをした人物である、と彼は小説家になる前から思っていた。しかしその時は遊びというようなものではなかったと思う。」


まったく、あらためて書き写してみると小島信夫という作家は、いったい見たのか聞いたのか、音は（声は）出てたのか出てなかったのか、遊びはそこにあったのかそこにはなかったのか、どっちか決められないことばかりだ、文章を書くというのはもっと意識的なことなのでこんなしゃべり言葉のような書き方ができるのは小島信夫だけだ、と思っていたら山下澄人が同じようなことをできている。

「意図的ではあるんだけど、地がないとそうはならないからね。」小島さんのしゃべりのつづきだ。「放哉は（荻原）井泉水に薬代を無心したとか、誰々にいくら借りたとか、それを現世の欲や未練とカン違いして言う人がいますけど、返せるアテのない金を無心するなんて、できないことですよ。自堕落と思うかもしれないけど、みんな節度がジャマをしてその手前で引き返してしまうんですよ。

一燈園の西田天香さんが道端で赤ん坊のように泣いたのと同じことですよ。放哉は一時、一燈園にもいたことがあるけど、そういう影響関係はまあどうでもいい。これは覚悟の問題ですから。覚悟はマネでできるものじゃないですから。」

「猫はひたすら一方的にもらうだけですからね。」私は笑いながら言った、この笑いはくれぐれもカン違いしてほしくないが皮肉やはぐらかしの笑いではない、心が楽しんで喜んでる笑いだ。

ひたすら一方的に受け取る存在こそ貴重だ、ありがたいと言ってもいい、と私は言った、猫は犬のように働かないが人は猫に見返りを求めずに尽くす、仏と同じだ、猫も仏のように御利益がある、それは猫に尽くせばわかる。山頭火の『行乞記』という十年間書きつづけたといわれているノートに、棲み家を捜して、空いてる庵を教えられてそこに行くと、

「和尚さんが教えて下さった庵にはもう人がはいっていた、」

と、猫が他の猫に場所を取られてしまったみたいなことが書いてある、あるいは、

「人間のしたしさよさを感じないではいられない、私はなぜこんなによい友達を持

っているのだろうか。」

と。人は猫に尽くすうちに良くなる、仏にも人にも尽くすうちに自分が良くなる、それこそが何よりの御利益ではないか。

「放哉は『入庵雑記』の中で自分が住むことになった庵を別世界とも極楽とも書いていますね。

そこは冬じゅう風が吹き込むひどいところなんだけれども、別世界、極楽というのは本当なんです。あなたの木星のＳＦを聞いて私はそれを思い出した。」

『入庵食記』と題した日記に、こうある、

「烈風又烈風、暴風又暴風、昼夜ヲ分タズ、四日デモ五日デモ一週間デモ平気デ吹キマクル、冬中コレノ由、トテモタマラン、
夜、障子ニ、砂利ヲ叩キツケル音、ヤカマシ、ヤカマシ（雨戸ハシメヌ決心故ニ）」

「自分で閉めないって決めたんですね。

「ヤカマシ、ヤカマシ」と二度繰り返すところがいいですね。河口慧海《えかい》が単身チベットに潜入するヒマラヤ越えの途中で雪に降り込められて動けなくなるんです。その前に途中の村で病気の人がいて持参していた漢方薬をあげて助けたらそのお礼に

河口慧海は羊を二頭もらってて、羊を両脇に置いて雪の中で坐禅してお経を唱えるんですね、一晩。慧海はすごい薄着なんだけど、お経を唱えてるうちに三昧の境地に入って、愉快、愉快って、――それを思い出しました。」

そんな話をしていたら松原岩五郎の『最暗黒の東京』が届いた、小島さんはなんでこんなに早く本が届くのか、私の手元を横目で盗み見るように見た、私がここでアマゾンのプライムを口にしようものなら色めき立って説明を求める、世の中の変化に対してすごく貪欲なところがあって、今さら知ってもしょうがないことまで知りたがるところは今も変わってない。

届いた本を見れば私はこの本を持っていたはずだ、しかし今は見つからない、前に『通天閣』を読んだときに読んだのだろう。残飯屋という商売がある、ここでは士官学校の炊事場の残飯＝汁菜、沢庵の切れ端、食パンの屑、魚のアラ、焦げ飯etc.をただ同然で買取り、それを貧民窟に売りに行く、著者はルポを書くためにその下男に入った（一週間だが）、貧民窟に行くと、重箱、小桶、飯櫃《めしびつ》、丼、岡持《おかもち》、ありとあらゆる器を手に持って貧民が殺到してくる、

「我れ先きにと笊《ざる》、岡持を差し出し、二銭下さい、三銭おくれ、これに一貫目、茲《ここ》

へも五百目と肩越に面桶《めんつう》〔一人盛りの曲げ物の食器〕を出し腋下より銭を投ぐる様は何に譬えん、大根河岸、魚河岸の朝市に似て、その混雑なお一層奇態の光景を呈せり。そのお菜《かず》の如き漬物の如き、煮シメ、沢庵等はみな手攫《てつか》みにて売り、汁は濁《どぶ》醪《ろく》の如く桶より汲みて与え、飯は秤量《はかり》に掛くるなれど、もし面倒なる時はおのおの目分量と手加減をもってす。」

しかしこれは光景は祝祭的だが食べ物自体はしょせん残飯で貧しい、

「それでもNHKが特集した京都の旧家の一汁一菜より充実してるよね。」

私はゴミの山にのぼってゴミの中から食べられるものを掘り出してその場で食べていたハイチの子どもたちを思い出した。『通天閣』で言っていたのはここだった。

「獣類を屠《ころ》したる余《あまり》の臓腑を買い来って按排《あんばい》し、舌、膀胱、腸《はらわた》、肝臓等の敗物《はいぶつ》を串《かん》貫《かん》して煮込《にこみ》にし路傍に鍋を鼎出《すえだ》してこれを售《う》る。一群の小童はその周囲を擁して塩《あん》梅《ばい》を賞翫《しょうがん》し、「ホク」、「フハ」または「シタ」等の名称を暗記してもって鼎中《ていちゅう》の美味を摸《さぐ》る。これこの貧街一種の割烹店《かっぽうてん》なり。価《あたい》二厘、八歳《やっつ》ばかりなる小女《しょうじょ》の背《せな》に負われたる児《こ》にして、その齢《よわい》を見ればようやく産後十ヶ月、いまだ眼に色なく、声に言《ことば》なく、口に歯なき穉孩《おさなご》がまたこの貫串《くし》を口にして、あたかも乳房の如く甘き舐《なぶ》りを求めんと泣きつつありき。ある一群の小児らは猫屍《びょうし》を葬埋《そうまい》せんとして厠側《しそく》を穿《うが》ちて騒ぎ、ある一群の小児らは下水の渟潴《たまり》を排泄《はいせつ》せんと欲して満身ドブ鼠の如し。」

私はこのようなところで本筋から外れて、カメラの背景か隅に写るようにして書かれた猫や犬という文字に出会うと、「ああ、このときにも生きていた猫たちや犬たちがいたんだなあ……」という思いに打たれる、ここにいた猫や昔の映画のフレームの隅に映った猫の血がうちの猫たちにつながっているかもしれないという気持ちもないわけではない、いやそういうことではない、

「ここは大事です。」と私は言った。「スラムに生きる人のメンタリティが書いてあります。」

「いやしくも貧民として彼が生存せん限りは、到底彼れ一人の身をもって数人前の分配を占領するの鄙吝《ひりん》あるを容《ゆる》されず（何人分もの分け前を一人占めするようなケチは許されない）、必らずやその日随一の働らき者として周囲の称讃を博すると共にその貪り獲《え》たる物品は、直ちに両隣合壁《りょうりんがっぺき》へ向って散じ、万遍なくその土地の霑沢《うるおい》となる（収穫は隣近所に配って、みんなが潤う）を見るは、殆んど類似《によ》たる共産主義のこの社会に行われ居るが故なり。」

「あなたが言いたいのは、ＮＨＫの番組でやっていた貨幣の誕生のことじゃないかな。」

私は頷いた、ついでに八二ページのアラブの画家の話も思い出してほしい、「でも、それを見つけたのは先生ですよ。」

「そうだったかな？　私はそのとき生きてましたか？」

アフリカのどこかの国のどこかの村にはこれまで貨幣経済が入っていなかった、原始共産制、すべての収穫は村人で均等に山分けしていた、貨幣がないということは貯えることができないことを意味するらしい、磯﨑憲一郎のデビュー作の『肝心の子供』に、米は芋と違って何年も貯えておくことができるという印象的なくだりがあった、ということは貨幣でなく米か麦でもその代わりとなるわけだ、そもそもこの村は採集生活オンリーで食料となる植物の栽培をしていないのだ。

そこに一人、都市に物々交換に行っているうちに貨幣の効用を知った男があらわれた、彼はゴムの木を育てるための畑を村につくることを思いついた、村のみんなに栽培法を教え、彼はひとり、山分け＆貯えゼロ経済の外に出た、彼は貨幣によって貯えることを知り、貯えることを介して未来とか計画とかという時間の概念を知った、――というようなナレーションが流れたそのときに映った彼の横顔の目つきの暗さ！

その日ぐらしの村の人たちはみんなそろって明るく笑っているのに未来に向かっ

て計画をはじめた彼だけが暗い目になっていた。意図的な演出か、偶然か、そこは断定しようがない、しかし作り手の全体としての意図、そうでなくても村の観察から得た感触はそこにある。この目の暗さはドキュメンタリーだから演出か？　偶然か？　となるがフィクションならそのままＯＫだ、

「おかしな話ですね。」

私は笑いながら言った。

「わざわざ私を見て、あなたがそう言う意図は私はわかります。」

と小島さんは笑わずに言った、これは小島さんの笑い方だ。

「もともと小説家の書くことなんか信用されませんからね。それにこっちも下手に信用されたら困るぐらいに思ってうさんくさく書いてるわけですから。

でもあの目は印象的だったね。

演出だったとしたらたいしたものだね。」

私はちょうど小島さんの『白昼夢』という短篇を読んでいるところだった、そこにカメラのコマーシャルの話が出てくる、『白昼夢』は「群像」の一九八三年十一月掲載だ、当時まだ「地球温暖化」という言葉はない、実際温暖化していたわけで

はない、この小説の冒頭がいい、

「今年の八月十五日に、私は、私の伝記を書こうとしているということになっている平光善久の家に泊った。この日は、いわゆる終戦記念日に当るのだが、そんなことよりも、たまたまフェーン現象というやつが、私の郷里をおそい、三十九度になった。暑いのでだらけるように思えるが、じっさいは、異常に緊張した。昼間街の中ですごしたが、建物から外に出るとき、無防備で吹雪のなかへとび出して行くような錯覚がおきた。」

こういう書き方をこともなげにできるのは小島信夫のすごいところの一つだ、月並みな言い方だが光景が目に浮かぶようだ、といってどういう光景か具体的に思い浮かべているわけではないのだ。

カメラのコマーシャルの話はその平光善久がした、新宿の地下道を歩いていたらテレビでもよく見るコマーシャルのワンシーンが大きなポスターで貼られていた、アメリカ人のたぶん名のある女優が若い学生風の男たちと並んで肩を組んでいる、それをカメラの自動シャッターで写すのだがシャッターがおりる寸前にバケツの水がみんなの頭にザバッと落ちる、並んだ若者たちが驚いて肩をすくめている真ん中でそれを仕掛けた女性は笑っている。

そこから話は彼が東京にくると行く文壇バーのママの話になり、彼はこう言う、「ぼくはこの女性の話をするのをきいているうちに、あのコマーシャルの女のことを思いました。身体恰好も顔付きもよく似ているが、彼女の一番しあわせなときは、いわば、あのコマーシャルの場面みたいに、はしゃぐことじゃないか、とこう思ったのです。」

私は平光善久が注目したこの切り取られた場面が好きだ、『白昼夢』を読むのは今回が四回目ぐらいだがいままでここに気がついてなかったかもしれない、というのは私はここを憶えてないし線を引いてもない、今回は不思議にこの切り取られた場面にジンときた。

「何と言いましたっけ?」小島さんは言った。「報道写真家の集団、……マグナムでしたか、マグナムの写真展で見たら、このバケツの水をかぶるのも、ゴムの栽培を思いついた男の目も、どっちもホントということになりますよね。」

ゴム栽培の男はあの一瞬こそ暗い目になったかもしれないが、その夜ひとりになれば家の中でしめしめと思ってほくそ笑んでいることだろうと小島さんはさらにつづけて言った、そしてさらに、

「しめしめとほくそ笑むことが暗くないことにはならないよね。」

と言うのだった、村の他のその日ぐらしのみんなはしめしめと思ったり、ほくそ笑んだりしないに違いない。

「生きることはそんなに楽しいことではないですよ。気持ちが晴々としないことの方が多いですよ。」

このとき言ったわけではない、私は小島さんがこう言うのを何度か聞いた、そのとき一度は「あなたのようにいつも笑っていられれば人生はずっと楽しい」とも言い添えたかもしれない。

読書実録〔夢と芸術と現実〕

服を椅子の上に脱ぎ捨て、それから命令に従うかのように、ベッドに横になった。いま何が起きているのかを少しでも分かっていたなら、眠ることなどとてもできないと思ったかもしれないが、しかし老人には何も分かっていなかったので、柔らかなマットレスに身体を沈めることができた。するとすぐに眠りが訪れ、同時に現れた夢の一部は目が覚めたときにも憶えていた。

彼は話をしていた——すべてがはっきりと見えた——そこは何もないだだっぴろい建物で、聴衆はせいぜい数十人。一方の壁に、破損した木製の十字架に磔《はりつけ》になった片腕の欠けた人物像が掛かっている。彼がスーツケースに隠したものに似ていた。何を話していたのかは思い出せない。なぜなら、使っている言葉が彼の知らない、もしくは思い出せない外国語——それも一つではないかもしれない——なのだ。巨大な建物が次第に小さくなって、後にしてきたあの小部屋くらいの大きさになり、彼の前で小さな女の子を連れた老婦人が跪いていた。女の子の方は跪いたりはせず、軽蔑のこもった目で彼を見ていて、その目は彼女の思いをはっきりと伝えている。「あなたの話すことは、言葉一つも分からない。どうしてきちんと話せないの？」と声に出して言っているのと同じだった。

老人は目を覚ますと、とんでもない失敗をしたという感覚に襲われた。目が覚めたままベッドを動かず、何とか夢に戻る道を見つけて、あの子が分かる言葉で話さなくてはと必死になった。思いつくまま、いくつかの言葉を口にさえした。「平和《パクス》」と声に出してみたが、彼女には聞き慣れない言葉だろう。かつての自分にとってもそうだった。もう一つ、「愛」と言ってみた。口にするのはずっと簡単だが、これはいまでは反対の意味を持つあまりに手垢のついた言葉のように感じられる。気づいてみれば、この言葉が何を意味するのか、自分でも分かっていないのだ。それが何であるか、自分で実際に経験して知っていると確信を持って言うことができない。ひょっとすると――後に続く暗闇のなかで奇妙な音がはじける前に――兆候くらいは感じ取ったのかもしれない。しかしもし愛が何がしか本当に重要な価値を持っているなら、そのわずかな記憶くらいは残っているはずではないか。（グレアム・グ

リーン「最後の言葉」高橋和久訳『国境の向こう側』所収、ハヤカワepi文庫）

グレアム・グリーンをまともに読んだことはないがこの短篇は面白かった、というか傍線箇所に私は奇妙に惹きつけられる、夢の中でとんでもないことをしてしまったからいったん目が覚めたのに夢の中に再び戻って夢をやり直そうともがく、私はこういうことをした記憶はないがしたことがない方がおかしいくらいこれは私はリアルにくる、夢が気持ち良すぎて、うっかり目が覚めてしまった自分を悔やみ夢の余韻に浸り、そのままあわよくば夢のつづきに戻りたいという夢はたまに見る、しかしこっちは意思の放棄でありあっちは強い意思による夢への介入だ、そこがむしろリアルだ。

立木《ついき》康介がかつて『精神分析と現実界』のなかで明確に述べたとおり、精神分析にとっては「メタ言語はない」、つまり、患者が語る言葉を、〈その言葉の影響力の圏内から患者自身が逃れられているような言葉〉としては読まず、〈その言葉を語った本人がそこに巻き込まれているような言葉〉として読むことが重要なのである。（「文學界」二〇一八年四月号〈特集　死ぬまでに絶対読みたい名著〉松本卓也『精神分析入門』）

このことは、精神分析の起源にオイディプスが置かれていることの理由を説明してくれるだろう。そう、オイディプスこそは、「声は1つでありながら、4本足、2本足、3本足となるものは何か？」というスフィンクスの問いかけに対して、「それは私である（＝私のことが問題になっている）」と一人称で答える代わりに、「それは人間（＝人間一般）である」と答えてしまうという愚をおかし、後に自分の父を殺害した犯人を捜索するなかで、ほかならぬ自分自身がその犯人である（＝私のことが問題になっている）ことにようやく気づくことができた当の人物なのである。（同前）

これより前にこういうことが書いてある。

さらにラカンは、精神分析においてきわめて重要なこの原理を、神経症のみならず精神病にまで拡張している。彼によれば、精神病において生じる現象とは何よりも「人間とシニフィアンとの関係」の中に位置づけられるものであり、「その人物のことが問題となっている（sua res agitur）」（『エクリ』p.574）という仕方で生じるのだという。つまり、周囲の人々の何気ない会話の中に感じ取られた違和が即座に「あれは俺のことを話している！」という確信を生み出したり、散歩中に出会った犬の知覚が即座に「これは私に向けられた啓示である！」という確信を生み出すような精神病現象もまた、他者に関する言葉（シニフィアン）の中に自分自身が不可避に巻き込まれているという意味での「人間とシニフィアンとの関係」の原初形態を示していると考えられるのである。（同前）

「でもそういうことはあるよね？」

「犬の啓示の話ですか？」

「そう。ふつう人と散歩してる犬はこっちが声をかけたりしなければ見てこないじゃない。それがこっちが何も呼んだり手招きしたわけでもないのに目と目が合うの。」

　そう言われれば確かにそうかもしれない、犬は自分の興味に夢中か、たいていは先に先に行くことしか考えていない、その犬がこっちをしっかり見てきたとしたら、何もないと考えない方がおかしい。

「いや、それを言うなら、何かあると考えない方がおかしいか、何もないと考える方がおかしい。」

「二重否定は難しいですね。」

「二重否定にしたのはあなただよ。どっちも否定は一回しかないよ。」

と言って笑うこの人は誰なんだろう？

「目と目が合ったらもう関係が生まれてるんだから、それを精神病現象っていうラカンはおかしいよ。目と目が合った瞬間に愛の火花が散った、とか言うでしょ。昔は繁華街歩いてて男同士で目と目が合ったら、『おい！　おまえ何だ！』で、すぐ喧嘩になったしね。繁華街って言い方も古いね（笑）。

ウサギとかネズミとか、天敵のワシから逃げるときだって、飛んでたワシと目が合った瞬間に逃走がはじまるんだよ。」

「ホントですか、それ？」

「ただ空高く飛んでるワシの小さい姿が見えただけで逃げ出すわけないじゃない。天敵と獲物は彼らの掟なんだから、まず目と目を合わせるのが自然の摂理の中の礼儀ですよ。」

その話は私は天敵と獲物は、自然の中では天敵はいつも獲物が決まっててそれを捕食するわけでない、目と目が合った瞬間を境いに天敵－獲物関係のスイッチON！　という風に聞こえる、ということはもしもひじょうに鈍感でマイペースで注意力のないウサギがいたとしたら、そのウサギは自分の頭上を飛ぶワシやタカに気づかず、それゆえ逆に天寿をまっとうできる、ということになる。

しかし、ここは考えどころだ。自然の中に生きるウサギにとってワシやタカに捕食されることもきっと天寿をまっとうすることになるだろう、それこそがウサギにとっての天寿かもしれない。ウサギたちは天敵の姿を見るとカチカチ歯を鳴らしたりして仲間に危険を知らせ、みんなで逃げるわけだが、逃げきれる／逃げきれないの枝分かれする世界で逃げきれなかったとしてそれが天寿をまっとうしなかったことになるとはかぎらない。

そこが世界の不思議というか謎というか、言葉による理解の及ばない層（または相）だ。そしてもしも本当に鈍感ゆえに天敵から捕まらずに老衰死するまで生きたウサギがいたとして、それは天寿をまっとうしたとは言わない、それは間違いない、そのウサギは何物とも触れることなく何事とも触れることなく、つまりどんな世界もそのウサギには開示されず、死がくるまで動いただけだ、それを生きたとは言わない。

「鈍感なウサギの話はどうでもいいよ。そんなウサギは現実にはいないんだから。

あなたは枝分かれする世界って言ったけど、逃げきれるか逃げきれないかを二者択一って考えるのはきっと歴史的に見たら一部の人間だけで、逃げきれるか逃げきれないかっていうワンセットっていうか、二つに分けられない状況で、ウサギたちは枝分かれを生きるんじゃなくて分けることに意味がない状況を生涯生きる。」

それはまったく統計や確率のことではないというのは訊くまでもなかった、こういう話をする人がそういうことに関心があるわけがない、生きている動物は人間もまったくそうだが明日死ぬ確率が何パーセント、一年で死ぬ確率が何パーセントと言われて、その一日、その一年をクリアして安心したりしない、そして生きている動物は一年後に次の一年で死ぬ確率は上がらない、それはギュッと圧縮されて一匹が生きる、

「あなたは結局、確率や統計で考えてる。」

いや、比喩というか、例証というか、……、

「ウサギもタカも、ウサギとしてどう振る舞うか、タカとしてどう振る舞うかなんか考えない。今ここでどうすればいいか。目と目が合った瞬間に、一方がタカになったらもう一方がウサギになる。

経験は増えればうまくいくこともあるけど、経験のせいで失敗することもある。」
インドネシアのどこかの村だったと思う、朝起きると大人が子どもにどんな夢を見たか訊く、子どもの夢の説明に対して大人は、そこで君はそれをするのでなくこうすべきだった、と夢見の指導をする、子どものときからそういう夢見のトレーニングを繰り返すことで豊かな夢を見ることができるようになるとか、いい夢で目を覚ませば一日が豊かに過ごせるとか。

これは最初に抜き書きしたグレアム・グリーンの主人公と真逆ではないか。私は前にも書いたが、夢は何歳になっても人は夢が与える状況に本気になる、フロイトのように夢を無意識の活動と考えるか昔の人のように夢をお告げと考えるか立場はいろいろあるが、夢が私に与える状況を真に受けて本気になるところは一緒だ、夢に対して私が能動的に振る舞うことができるようになってしまったらそれはもう夢ではないんじゃないか。

私は思いどおりになることに対して否定的なのではなく、自分が状況に巻き込まれることが本来のあり方である夢に能動的であることがおかしい。私というのか自分というのか主体というのか、呼び名はよくわからないが受動的であることによって私は素通しになったり前もって容量が決まっていない容れ物になったりすることができる、容れ物よりも筒抜けの筒の方が私はイメージに近い。

　カフカは夢を書いたとしか思えない断片がいくつもある、いまは憶えで書くだけだが、

「父は昨夜から子どもたちの見ている前で必死になって肉の塊を切ろうとしている。父の手の中で包丁は熱せられて真っ赤になっている。」

　この唐突な、うっと吐きそうになるほどのリアリティは夢でしかありえない、夢でなかったとしても考えて思いついたわけでなくその情景が突然浮かんだ。ただ、これだけでカフカが難解だとか不条理だとか言われない、カフカはこういうことをまったく幻想小説のように書かず夢の中で人が夢のシチュエーションを真に受けているのと同じように真顔でたんたんと書いた、ということが一つ、それ以上にカフカは小説に対して外に立たない。

　たぶんこれがカフカが難解とか不条理とか言われる一番の原因だ。作者は、カフカは作者以前の書き手で、作者は小説の外にいるから作者は小説のはじまりと終わりで同一の人格でありつづけるのが小説の伝統というかオーソドックスな形だ。作者は小説の全体図というプランを持って書くとか、最初のページを書くときに最後

のページのイメージを持っているという作者の全能性みたいな広く流布している誤解はそこからくる、作者は作品の後半を書いているとき前半とつじつまが合わなくならないように気を遣う、事前にプランなしで書いた作者でも前半と後半で食い違いが起きないように気を遣うから読者には全体を見通す目を持った全能者のように映る。小説の外に立つというのはこういうことだ、しかしカフカは外にいない。

　小説を能動的に操作しない、小説に対して作者らしい主体性がない、……私はカフカのことをいつ、あるいはどこで、あるいは何によって感じたんだろうか、私はこれをはじめて口にしたのは、二〇一二年か一三年の四月に京都でトークをしたときだった、私はそのとき自分の『カフカ式練習帳』か『未明の闘争』のことをしゃべっていた、それをしゃべるということは下地にはつねにカフカがどう書いたか、どういう書き方をしたか、自分の書くものに対してどういうスタンスだったか、ということを考えていたことでもあった、そこははっきりしているが、具体的にどのカフカの作品または断片でそれを裏づけられるか？

　私はしかしいまそれを書く必要があるか？　私は自分の考えることを証拠立てる必要はない。カフカの書いたものが、うっと突然吐き気におそわれるような特殊なリアリティがある理由、夢でしかないと思われるような情景が書かれる理由は夢を見る人が夢に対して外に立っていないように自分の書くものの外に立たないからだ。「精神分析にとっては「メタ言語はない」」というところが松本卓也の文章で不慣れな人にはわかりにくいかもしれない、それは〈その言葉を語った本人がそこに巻き込まれるような言葉〉というのがそのまま言い換えになっている、そしてそれは、夢を見る本人は夢の外に立っていないこと、カフカが自分の書くものの外に立たないことと同じことだ。カフカにこういう断片がある、(『カフカ・セレクションⅡ』所収、柴田翔訳、ちくま文庫)

それは夏の暑い日だった。妹と一緒に家へ帰る途中、あるお屋敷の中庭の戸口の前を通りかかった。思い上がった悪ふざけだったのか、ただ放心してぼんやりしていたせいなのか、よく判らないのだが、妹がその扉を叩いた。いや、ただ脅す真似のつもりで拳を振り上げただけで、ぜんぜん叩いてなどいなかったのかも知れない。そこからあと百歩ばかり行くと、左へカーブして行く国道沿いに村が始まっていて、私たちの知らない村だったが、もうその最初の一軒から土地の人々が出てくると、こちらに視線を送ってきた。それはむしろ好意的な視線ではあったのだが、一種の警告でもあり、彼ら自身が衝撃を受けて、恐怖から身を屈めてさえいるのだ。

村人たちがいま通りすぎたお屋敷のほうを指さすので、否応なしにその扉を叩いたことを思い出した。屋敷の所有者たちが私たちを告発するだろう、すぐに捜査が始まるだろう。そう彼らは言う。

私は別に不安になることもなく、妹を宥めた。お前が扉を叩いたはずはないし、また万一叩いたとしても、そんなことで裁判になるなど、世界の何処へ行ったってあるはずがない。

私は同じことをまわりに立つ人々にも説明した。彼らは耳を傾けてはくれたが、しかし必ずしも賛同する様子ではなかった、暫くしてから彼らは言い出した。妹だけではなく、兄の私もまた告訴されるだろう。

私は微笑を浮かべ、頷いて見せた。そして私たちはみな、屋敷のほうを振り向いた。まるで遠くの煙に気付いたものが、炎の上がるのを待つかのように。

そして見るがいい、待つ間もなく一群の騎馬の人々が大きく開かれた戸口から中庭へと駆け込んで行き、辺りは舞い上がる土埃に隠されて、ただ長い槍の切っ先ばかりがそこにきらめいている。一隊は中庭に消えたと思う間もなく踵を返した様子で、たちまちまた国道に姿を現すと、こちらへ殺到してくる。

私は早く逃げろと妹を急き立てた。自分がひとりで、みな片を付けるから。だが妹は、私を一人で置いて行く訳には行かないと言い張る。私は言った。もしそう言うのなら、少なくとも服を着替えて欲しい。人前に出るには、もっとちゃんとした服装でなければならない。

便宜的に〈中庭への扉を叩く〉という題がつけられた未発表で無題の断片、ここに書き写したのは三分の二くらいだ。カフカには自分の語りを前に進める道具・手段があり、そこに傍線を引いた。

「扉を叩いた──↓ぜんぜん叩いてなどいなかったのかも知れない」

「扉を叩いたことを思い出した」

「扉を叩いたはずはない──↓万一叩いたとしても」

妹は扉を叩いたのか？　叩かなかったのか？

すでにこれに対して意味を読み込む人はいっぱいいるのがカフカの読解の傾向だが、意味以前にまず、このようにしてカフカは状況を宙づりにして話を引き延ばす、つまり話を前に進める。小説を書く者にとって一番の課題は次の、、、、一行を書くことだ、これはあたり前すぎるために小説を書いている人でさえ気がついていない人がいる、でも詩だったらみんな納得する、小説だって本当のところ変わらない、カフカは事前に筋の用意がないので筋を呼び込むために、同じ意味だが、自分が筋に巻き込まれるために、道具・手段としてこの論法をひんぱんに使う、夢は眠りを引き延ばすために見るとフロイトが言ったこととも通じるものがある。

これを警察の調書みたいなつもりで解釈すれば、記憶のあやふやさ、証言の不確かさ、ひいては生を回想することのあいまいさという大げさなことになるが、ここでカフカが書いていることは、

「真っ直ぐ延びるその道を一日かけてずうっと歩くと朝出発したのと同じ村のはずれに辿り着くのだった」とか、

「うちひしがれたその娘は空を見るときも目を伏せた」

と書くのと同じように、ありえないことを書いている、いま書いたばかりの二つの例文は私がいま考えたのだがこういう文は書くと楽しい、なぜ楽しいのか？ といちいち考える人は問いの悪循環に嵌まるだろう。道具はそれ自身で自律しているからそこは勝手に動いてくれる、道具といってもこれは言葉だが言葉はもともと人間とは別の運動性を持ってるから書き手である人間の思いどおりにそんなになるわけではない。

それが原因かどうかわからないがこの断片（情景）は不穏な空気が漂っている、

そういうところも夢にちかい、というかそういうところこそ夢の特徴だ、夢は一つ一つの人や物や行為や会話が何を意味するか以前に、全体を染める空気が不穏や不安だったりしみじみ幸福だったりする、

「それはむしろ好意的な視線ではあったのだが、一種の警告でもあり、……衝撃……恐怖……」

と、論法の少し変形で情景ははっきり不穏になるが、さかのぼって三つ目のセンテンスで不穏はすでにはじまっている、夢でないとしても夢っぽい、私はいま夢であるかどうかにこだわるつもりはない、こういう夢を見てそれを書いたと考える方が意味を解釈しようとするバイアスのかかった読みよりずっとリラックスして、むしろ細部まで読める、これはこれとしてカフカの一日の何時間かがそれに費やされた生涯の時間の断片でもある。カフカは眠っているあいだは夢を見て、目覚めているあいだは小説と手紙を書いた、ただしカフカは不眠症だった。

書き写し末尾の、

「着替えて欲しい」

は、この情景のはじまりとは嚙み合わない、いや、冒頭とは嚙み合うかもしれないが第二段落の、

「私たちの知らない村だった」

とは嚙み合わない、というか「家へ帰る途中」に「知らない村」があるのは変だ、というかまったくプランがない、カフカだから不条理として読者は納得するように心がける、不条理というのは読み方として安易な落としどころだ、それでも新人の文章だったら直せと言われる。もっとも、

「一群の騎馬の人々が……駆け込んで行き」

なんて、こんなことは新人にもベテランにも考えつかない、カフカはこういう突然の、瞬時の、場面転換をあちこちでする、カフカ自身この一文を書く前に騎馬の一群の心づもりがあったわけではない、カフカの唐突さは読者だけでなくカフカ本人にも唐突だ。

「カフカ本人にも唐突なんて、どうしてわかるの？」

と訊く人はきっとここの唐突さに置いてきぼりを食い、言われて戻ってそこに意味やカフカの病理を捜す。カフカは夢を見ている人のように自分の文章に対して能動的でない、場面に翻弄される、

「目と目が合う人なんだね。」

「夢とですか？」

「夢とも、自分の文章ともね。

ニーチェが、あんまり深淵を覗き込んではいけない、深淵もお前を見ているんだからっていうようなことを言ってたじゃない。」

「出典知ってます？」

「いや知らない。でもニーチェしか言わないよ、こんなこと。」

ニーチェしか言わないというのはニーチェでなかったとしてもニーチェに影響を受けた人ということなんだろう、昔、寺山修司は自分が教えられた演劇では舞台の上にいる役者は客席の観客を大根と思って演技しろと教えたと、寺山修司はそれは違うと、客席に向かって積極的に働きかける芝居を作った、これもまた目と目の話だ、目と目が合わなければはじまらない。

「逃げきれるか捕まるかっていう枝分かれは袋小路でもあるんだよね。」

「寺山修司のレトリックみたいですね。」

「違うよ、ホントのことだよ。

あなたずいぶん前に三島由紀夫の『金閣寺』のラストの二十ページ？　四十ページ？　退屈で退屈で読み終わるのに三日かかったとか四日かかったとか言ったことあったでしょ。」

「退屈じゃなくて苦痛って言ったかもしれない。同じ意味ですけど。」

白状すれば私は新人賞の小説を選考委員として読むとき、ストーリー性豊かなものはラストの結末に入ったと感じたらもう読まない、別にアタマで考えて読まない判断をするわけでなく退屈で読めない。

「だからそれだよ。逃げるか捕まるか、勝つか負けるか的な二者択一は同じことだから、あなた結末部分を袋小路と感じる。

羽生善治の将棋のことを書いた本で、序盤・中盤・終盤って分けると、中盤は指し手の選択肢が広がり、終盤は収束に向かう、しかし羽生は終盤に入ってもなお指し手の選択肢を広げようとするって言ったよね。

フロイトが言ったように、まさにあなたは羽生善治について語っているつもりで自分のことを語っていたわけだ。」

私は返事をしなかった、図星をつかれて不機嫌になったからでなく、こういうまとめ方はこの人らしくない。でもどうなんだろう、目と目が合うことで書き手が文章に巻き込まれるとしたら、二者択一という袋小路に搦め捕られることこそが夢を見る人のように、状況に巻き込まれることにならないか？

「そこはカフカはまず意図的にやるんじゃないの？　意図が能動的行為かどうかは

わからないけど。

『扉を叩いた』と書くとカフカは叩かなかった可能性がすぐに出てくる。ただ叩いただけなら何事も起こらないけど、叩いたことで叩かなかった可能性が生まれる、とカフカは考えるわけで、カフカにとって二者択一とか枝分かれ世界は未来のその人の意志に関わるんじゃなくて現にしたつもりになっている過去に関わる、ということは意志でなくて行動に関わる。行動することが二者択一を生む。」

「だから二者択一は袋小路じゃない、ということですか？」

「わからない。」と言って笑い出した。「袋小路より騎馬の一群の方が面白いのは確かだ。」

と言って、急に手にした紙片を読み出した。

「ああ、もしインディアンだったら、すぐにも走り抜けて行く馬に飛び乗って、風に身を伏せ、揺れる大地に身も戦き、ついに足は拍車を離れ、だって拍車なんかもうないんだから、手は手綱を捨て、だって手綱なんかとっくにないんだから、目の前にはただ刈り尽くされた荒野のほかは見えるものとてほとんどなく、気がつけば馬の首も頭ももうとっくに消え去って。（柴田翔訳）

場面に翻弄されるのがカフカには苦痛や恐怖じゃなくて、サーファーが大波に乗るような喜びだったんだよ。波というのがサーファーによって変わったように、文章もカフカによって変わったんだよ。」

この人はどうせなら自作のふりをして、あるいはカフカが書いたふりをして、「サーファーになりたい願い」に変造したって良かったのに、

「ああ、もしサーファーだったら、すぐにも沖から迫る大波目指してボードに飛び乗って、しぶきに身を伏せ、渦巻く水面に身も戦き、ついに――」

ついにサーファーはどうなる？　足の下のボードが消えてなくなるのか？　サーファー自身の体が波となるのか？　そしてしぶきとなり、風となり、光となるのか？

この人は世界や自然が固定したものでなく、動物や人が関わった途端に別の姿になったり、あるいはそこではじめて世界や自然が言葉で言い尽せない姿をあらわすということを言いたいみたいだった、サーファーとかマタギとか彼らはきっと全然違う世界を生きているんだと。

ミシェル・レリスの『ゲームの規則』全四巻が一気に翻訳出版された、原著は第一巻が一九四八年に出て、第二巻は一九五五年、第三巻は一九六六年、そして最後

の第四巻が一九七六年に出た、レリスがどういう人で『ゲームの規則』がどういう本か、私はうまく説明できない、レリスの本は入れないとなかなか入れないが嵌ると突如嵌る、一冊まるまるというより部分で嵌る、これは第三巻『縫糸』（千葉文夫訳、平凡社）の書き写しだ、このときすでにレリスは五十歳を過ぎている、いろいろなことがもつれ合ってレリスは自殺未遂に至る、その直前、

逢ウ約束ヲシテイタトコロニ待チボウケヲ食ラッテ、午後ノ終ワリニハダイブ神経過敏ニナッテイタ。約束トイッテモハッキリシタモノデハナク、ソンナ可能性ガアッタトイウニ過ギナイ。彼女カラ離レテ遠クニイル時ノ私ハ、分割、葛藤、悲嘆、吐キ気トイッタモノデシカナカッタ。

私ノ生活ニ彼女ガ入リ込ンデキテ不安ノ状態ニ突キ落トサレタノダガ（タシカニ別種ノ不安カラハ解放サレタガ）、不安ヲ忘レルニモ彼女ニ代ワル存在ハナク、トキドキ逢ウ程度トイウノハ互イニ了解済ミノ事柄デアッテ議論ノ余地ナドナカッタガ、ソウデハナク頻繁ニ逢ウコトニナッテ彼女ガ幸運トシテ、ソレモ、今後コノヨウナ幸運ガマタヤッテ来ルコトガアルダロウカト疑問ニ思ッテ応対スル種類ノ幸運トシテ姿ヲ現ワスノヲヤメレバ、今ホドノ輝キハナクナルダロウトイウコトモ同時

ニ――衝動的ナ確実サヲモッテ――分カッテイタ。

ソノ日ノ午後ハ、サラニ一段ト事態ハ悪化シテイタ。逢イタイト思ッタノニ逢ウコトガデキズ、オマケニ毎年ノ彼女ノ習慣通リニ数ヵ月ノ間ハ遠クニ行ッテシマウ時期ガ近付イテイルコトニ気ガ付イテイタ。（一二二ページ）

タシカニ、私ハマタシテモ弱イ自分ニ戻ッテシマイ、コレホドミットモナイ姿ヲ見セテシマッタコトデ屈辱ヲ味ワッテイタニ違イナイ。ソレニ加エテ、逢ウ約束ガキャンセルニナッタコトデ、相手ニシテクレル女性ガイナクナッタ気ガシテ、恋ニ悩ム若者ノヨウナ振ル舞イニ及ンデシマッタ罪悪感ヲ強ク感ジテイタハズダッタ。（一二五ページ）

親シミノ表現ナラバ良イガ、恋愛感情ヲ交エルナド度ヲ越シタ振ル舞イヲシテハナラナカッタハズダトイウダケデハナク、コノヨウナ節度ノナイ態度ハ――私ノヨウナ年齢ノ人間ニトッテモッテノ他ダトイウ以上ニ――、妻ガソノ場ニ居合ワセテイナイコトモアッテ、完全ニ彼女ヲ無視シテイル印象ヲ公然ト与エテシマッタト思ワレルノデアル。（一二五ページ）

禁酒命令ニ素直ニ従イ始メテダイブ時間ガ経ツガ、コノカクテル・パーティデハ、私ヲ招イテクレタホスト役二人ヘノ友情ハ、誘惑ニ抵抗スルニハ役立タズ、居心地悪ク感ジラレルヨウニナッタバカリデナク、逢ウ約束ガ反故ニサレテ生ジタ心ノ動揺モアッテ混乱ハ深マッタ。トハ言ッテモ、スッポカサレタノハコレガ初メテトイウ訳デハナカッタノダ。（一二三ページ）

コノ人ハ、私ノ人生ニオイテ新タナ希望ガホンノ少シ見エカカッタ瞬間、アラユル手ヲ尽クシテ好機ヲ逃サヌヨウニシタイト思イ、救イヲ求メタ相手ダッタ。私ヲ苛ム欠乏感ニツイテ、恥モ外聞モナク事細カニ説明シタリ、泣キ言ヲ口ニデキル相手トイウダケデハナク、書ク文章ヲ読ンデクレテ、他ノ同僚ニ比ベテ、私ノコトヲヨク知ッテイルノデ、安定シタ状態ニ連レ戻シテクレル力ガアル最モ頼リニナル人物ダッタ。（一一三ページ）

もとの訳文はひらがなだ、私は読書実録の初心に戻ってカタカナにするべきだと思った、少し漢字を増やして少しだけ読みやすくした、改行も勝手に入れた、順番がページの順と違うのは私は『縫糸』をまとめようとしているわけではない、自分の胸にくる順のつもりにいちおうなっているがその順は明日になればきっと変わる、レリスはこの本で、

「私の生活に彼女が入り込んできて不安の状態に突き落とされたのだが（たしかに別種の不安からは解放されたが）、不安を忘れるにも彼女に代わる存在はなく」

という何重にも入り組んだ内省を重ねてゆく、私はいちいち筆写などせず必要箇所をコピーして貼っていけば私はもっと整然とした進め方ができるだろう、ここにかぎらず読書実録の全体がそうだが筆写に時間がかかることで私はその箇所を筆写する前と筆写が終わって自分の文章を書きはじめる時とで考えが変わっている、多くの場合はかかった時間のために次に何を書くつもりでそこを筆写したか忘れている、筆写が終わった時点でまたそこから考えなければならなくなる。

私は全体が四章からなる『縫糸』のIで語られるこの自殺未遂事件や不倫問題が面白いからIを筆写することにしたのではない、Iの私にとっての中心は、五四ページあたりからはじまる夢の解釈でそれはだいたい七八ページくらいまでつづくが夢の部分はIの終わりまで反響している、それがここに移せるように筆写したいとそのためにまたIのはじまりから読み出すと、老子『道徳経』つまり『老子』につ

いてこう書いているくだりにいきなりあたり、私は初読時とくにそこをチェックしていなかった、

「自己完結の側面と同時に、奇妙な延長部分も備わっていて、このようにして表現された理法はあまりにも古く遠い時代から送り届けられ、あまりにも古く、あまりにも根本的な真理をあらわしていて異議など唱えられない、それにまたこの断定文には、真理を書きとめるために用いられる表意文字の神秘にも似た謎めいた部分があって、適度の忍耐心と明敏さをもって武装せずにいる人間には解読不可能なものなのである。つまり諺の権威と明晰にして均衡のとれた構造を合わせもった断定文だといってよいのだが、明かすと同時に隠す文でもあり、じつに奥深い内容を秘めていて、皮を剝ぎ取るための苦労なくして内容は明らかにはならない。」

「延長部分」というのは、言葉・文章・作品・書物の外、つまり現実、世界そのものへと広がり出るということだろう。二重否定文が二箇所ある一つ目が私は一回読んだだけでは「知的に武装している人には解読できない」と言っているのかと思った、それはとても老子的であるが、そうかな？　と思って、もう一度、

「適度の忍耐心と明敏さをもって武装している人にだけ解読できる」

と読み替えてやっとわかったが、なんかこの二重否定は生理的な理解に届かない、

二つ目の二重否定はするりと入る。

レリスは一九五五年に五週間、共産主義中国に招待されて滞在した、この時代共産主義は人類のあるべき理想の姿であり、レリスも感銘を受けて帰国した、これは五四ページからの夢と大きく関わる、五四ページ以前は中国滞在のことが書かれる。

しかし一九五六年に自主路線を進もうとしたハンガリーにスターリンでなくフルシチョフになっていたソ連の侵攻がありレリスはショックを受ける、きっと世界中の知識人がショックを受けた。

中国滞在中にレリスは『ゲームの規則』の第二巻『軍装』を出版した、それがひじょうな好評を得た、それ以前、相当風変わりな作家か詩人と見られていたらしいレリスの評価が『軍装』によって一変した。

一方中国カラ帰国スル際ニハ、本来ノ文学的関心ガ私ニトッテホトンド取ルニ足ラヌモノトナッテシマイ、自然ヘノ働キカケノ力ヲ強メル他ニ論理的ニ人々ニ提案デキル正当ナ根拠ヲ自分デモ見失ウ中デ、イザ帰宅シタトコロ、(……略……)ソレマデ自分ガ書イタドノ本ニモ増シテ好評ヲモッテ迎エラレタコト(……略……)若キ作家トシテ出発シタ頃ノ自分ハイツノ日カ一定数ノ読者ヲ得タイト望ンデイタ。

長イ時ガ過ギテ年老イタ私ハ、自分自身ガ発スルメッセージノ必然性ヲ信ジルコトガ次第ニ困難ニナッテイテ、コノヨウナ成功カラホンノワズカナ喜ビシカ引キ出セズ、一定ノ評価ヲ得タ作家トナッテモ、私トイウ人間ハ少シモ変ワッテイナイト認メザルヲ得ナイ。（一〇六〜一〇七ページ）

妻ガ私ノタメニ掻キ集メテクレタ書評、オヨビソノ後手ニスルコトガデキタ記事ニ目ヲ通シテミルト、問題点ノ明確化ニ寄与スル十分ニ的ヲ得タ論考ニシテ、興味ヲ持ッテ読ムコトガデキタ二、三ノモノヲ別ニスルト、マルデ自分ノ死亡記事ヲ目ノ前ニシテイル気分ニ襲ワレタ。

（……略……）私自身ガアレダケ細心ナ努力ヲ持ッテ彫刻ノ制作ニ励ンデイタトイウノニ、今ノ私ニハ、外面的ナ装イカラスレバコレガ墓石ノヨウニ立ッテイル姿ガ目ニツキスギテ、オゾマシク感ジラレル。『軍装』ヘノ反応ハコチラヲ勇気ヅケルノデハナク、意気消沈ノ原因トナッテイタノデアリ、自分ナリニ仕事ヲ続ケテユク上デ障害トナルモノダッタ。（一〇七ページ）

今デハコノ種ノ称賛ノ言葉ガ自分ニハ欠カセナイモノトナッテシマッタヨウデア

リ、シカモソノ称賛ノ言葉ハ私ヲ満足サセルトイウヨリモ、居心地ヲサラニ悪イモノニシ、コノ毒ヲ味ワッテミテ、シカモヒドク顰メ面ヲシナガラ飲ミ込ミ、コレガ不足スルト我慢シキレナイノデハナイカト心配シ、続巻モ同ジヨウナ評価ガ得ラレルダロウカト気ニナリ始メル始末デアッタ。（一〇八ページ）

コノ『縫糸』ニ取リ組ンデイルガ、難航シテオリ（……略……）モハヤ対処デキナイノデハナイカトイウ不安、ソレナリニ活躍シタ時代モアッタガ、今デハ終ワッタ人間ト見ナサレテイルノデハナイカトイウ不安（……略……）自分ガ言ウベキ事柄ノ魅力ガ段々薄クナッテユクニ従ッテ、マスマス芸ノ方ニ磨キヲカケナケレバナラナクナルノダシ（……略……）

ソウシタ不安ヤ思案ガ私ヲ不安定デ、ホトンド肉体的ナ嫌悪感ニ苛マレル状態ニ陥レ、サラニ事態ヲ悪化サセル要素トシテ、世ノ中ノ多クノ文学者ト同ジク、読者ノ判断ニ左右サレル傷ツキヤスイ存在トナッテシマッタ私自身ガ自分ヲ見ツメル時ニ極度ニ嫌悪感ニ満チタ目デ見ルトイウコトガアル。

少ナクトモ一個ノ神話ガ永久ニ解体サレタノダ。スナワチ反抗スル作家、周辺的ナ位置ニ身ヲ置クコトデ、イワユル作家ラシカラヌモノトナッタ作家トイウ神話デ

アル。（一〇八ページ）

実際ニ私ハ厳シイ点検ニ自分ヲ処ス以外ノ何物ヲモ受ケ入レマイト思ッタノデアル。タダシ、ソコカラ多クノ幻想ガ打チ壊サレル結果ニナッテモ、倒錯的ナ快楽ヲ目指シ、スベテニ否定的評価ヲ下ス狙イヲモッテヤッテイル訳デハナイ。（一一〇ページ）

私ノ支持者ノ書イタ文章ヲ読ンデ即座ニ虚栄心ガ満タサレルニセヨ、ソノヨウナ文章ハ結果的ニハ慰メデハナク、ムシロ傷口ニ突キ立テラレルナイフトナリ、私ノ人生ヲ神話ニ変貌サセラレタトシテモ、アクマデモ書カレタ文章ニヨルワケデ、私ガ現ニ行ナッテイル過去形ノ叙述ニヨルモノデシカナク、私ガ生キル現在ニオイテ、ソレダケデ神話トナルワケデハナイノダ。（一一一ページ）

過去ハ今ヨリズット価値ガアッタトヒタスラ考エ、夢ノ中デ様々ナ過去ヲ体験スルガ、ドノ時代モ欠陥ガナイワケデハナク、ソノツド幻滅ヲ深メル羽目ニナル。（一一一ページ）

人ガ私ノ不運ヲ哀レト思ッテ、私ニ名誉ヲ与エヨウトスルノガ仇《アダ》ニナッテ、逆ニ私ガ苦境ニ陥ルトスレバ、称賛ノ言葉ヲ私に向カッテ書キ連ネル行為モマタ私ヲ苦境ニ陥レル。(一一一ページ)

文芸ノ仕事ニ携ワル人間トシテ称エテクレル賞ヲ受賞スル段ニナルト、スグニ落チ込ミ(受賞スルカモシレナイト思ッテイタノニ受賞デキナクナレバソレハソレデマタ気分ヲ悪クスル)、(一一二ページ)

途中から少しでも筆写の文字数を減らすために語句を替えた、「受賞するかもしれないと思っていたのに……それはそれでまた気分を悪くする」というのが笑いたくなるほど正直だ、話の蒸し返しになるが、「受賞するかも」の正直さといい、次に筆写する正直さといい、『ゲームの規則』は告白文学とふつう言われている、レリス自身、告白の作家と言われてもいるらしいが、この正直さは私のイメージする告白と何か違う、告白というのは私はもっと大げさ、思い詰めゆえの飾りというか、告白もまた仮面でありそれはそれで一つのヒーロー像たりうるというか、その告白によってもう自分は告白以前の生活には戻らない、ということは告白を境いにその人は文学の中の人間になるというか……、レリスはそれと違う、

妻トノ生活ハ状態ガ徐々ニ悪化シ、イワバ死ノ踊リノヨウナモノヘト変ワッテイクヨウニ思ワレタ。トイウノモ別レルヨリ偽善ヲ押シ通ス方ヲ選ビナガラモ、裏切ルマデユカナイノハ、ドコカニ許サレルトイウ甘イ気分ガアルカラデ、ソンナ私ヲ彼女ガ見レバ、自分トイウ人間ノ信用ハナクナリ、我慢ナラヌ相手ニナッテシマイ、挙句ノ果テニ、私ヲ軽蔑シ憎ムコトニナルダロウ。

シカモマタ、ダイブ以前カラ、我々夫婦ノ関係ハ、私ガ妻ニ対シテ抱ク後ロメタイ思イニヨッテ蝕マレテイタ。自分デモ非難ノ対象ニナルト思ワレル点トシテハ、マズ逃避行ガアリ、ソレマデノ数々ノ旅ガコレニアタル。ソノ他、我々二人ノ関係ノ中デ私ガ演ジル食客的役割（我ガ家ハ経済的ニハ妻ノ働キニヨッテ支エラレテイルト言ッテヨク、博物館員トシテノ私ノ仕事ハ補助的ナモノデシカナク、私ノ同僚トノ関係上ノ気マズサモソコカラ生ジテオリ、ソレニ輪ヲカケテ博物館員ノ仕事ガ自分ノ一番ノ関心事デハナイ点モ良クナイ結果ヲモタラシテイル）。

私ガ書ク文学的著作ニオイテ、妻ヲ主題化スルトキノ不快ナヤリ方（……略……）、我々二人ヲ結ブ密接ナ絆ニ私ノ方カラ加エルコトガデキタハズノホンノワズカナ金色ノ糸ノ欠如（……略……）、彼女ノ厳格サニツイテ最初ノ頃カラ一目置イテイタコト（……略……）ナドガソレニアタル。（一一七〜一一八ページ）

レリスは天安門広場で国慶節の四時間にわたる大パレードを見て感動する、

「驚くばかりに強い日射しの北京の秋の光があたりを包んでいた」

「私の受けた印象では、その山場は（山車の上で上演される活人画に続いて、紙、厚紙、木の骨組みで作られた張り子の龍の伝統的な舞いがあり、若い人々が頭上で一連の棒を使って操りながらうねる動きをこれに与えていた）丈が高い一輪車に乗ったアクロバット芸人の集団が、ほとんど魔術めいた雰囲気をもって出現する瞬間であり、そしてまた有名な猿の軍団が出現する瞬間だった。

じつに整然とした行進姿だが、長い杖を竜巻のように回転させみごとに薔薇窓を宙に描いて、派手な彩色をほどこした顔をこれみよがしに見せるそのありさまは、ちょうど古典オペラにおいてこうしたカリカチュアのような蔑まれた兄弟が、みごとに着飾った天上の神々に対して勝ち誇ったように攻撃をしかける瞬間を思わせるのであり、そこには封建領主に対する庶民の闘いのイメージがあるのだ。」

この文章は知ってなくてはならない知識、「有名な猿の軍団」というのはどういうものか？　中華街で売ってる猿のお面をつけた踊り手のことか？「薔薇窓」とは何か？「長い杖を竜巻のように回転させ」るだけでそれが描かれる長い杖というのは先に線香花火とかネオン管の光みたいなのがついているのか？　私には古典オペラの知識もない、このようにレリスの文章というより思考はただでさえ何重にも折り重なっているうえに、それぞれの事象の知識も個人的な記憶が層をなす。

五四ページから七八ページを中心とする夢の解釈はそれが炸裂する、感動的だがそれにこれから手をつけると思うと気が重い。書きそびれたがさっきの妻との関係の悪化のところの数行目の彼女、これは妻を指すのだろうがつきあっている女性なのかもしれない、私は妻よりもそっちと思って読む方がここでレリスは苛《さいな》まれる。

私が日記を熱心に読み、というか自分が五十歳くらいから特別好きなカフカとレリスは個人的なことを書くときの悲観や自己卑下、それから女への煮えきらなさ？頼りなさ？　泣きごとの多さ？　がよく似ている。

もっとも『幻のアフリカ』も日記形式だがここでレリスは調査団の中でたぶん一番年少でそれゆえの責任のなさからくるのだろう軽さがある、日記から感じられるレリスはここでのように悲観的ではない、そう考えるとたしかにこの本は告白なのかもしれない、カタカナ筆写部分はその悲愴感を覗き見する、まあある種文学的な楽しさはある、しかし夢を解釈してゆく粘り強さはずっと面白い。

私がさっきから夢、夢といっている夢に関する二十ページ以上の記述は、ごく最近見た夢（夢③）を起点にして、十三年前の夢（夢①）と中国に行く六ヵ月前に見た夢（夢②）の二つがそれに絡まり合う、私は二読目で言ってることの輪郭が少し見えてきた、私は言ってることの輪郭が欲しいのではない、考えることはとにかく三重、四重に重なり合っていて、私は本に印をつけたりキーワードを外に書き出したりしつづけるが大きな紙に項目を書き並べて相関図というのかチャートというのか、そういう風に視覚化すると整理しやすいかもしれない。

しかし初読時の印象は二読目でさらに強まり、ここで書き連ねられていることは視覚的に整理してはいけない。『百年の孤独』で繰り返し登場する、アウレリャーノとブエンディーアという二つの名前が混乱するからという理由で系図を書いてはいけないのだと私は考えるようになった同じ理由で、重なり合い、一つ一つの項目が記憶や出来事の層をなしているこの夢の自己省察は、レリスが回りくどく書くその折り重なる記述を掻き分けるようにして進まないとここに書かれたレリスの思考のごくわずかしか得ることができない、視覚化されたことで得られる理解というのは一見明晰だがその明晰さゆえに、このような語り方を敢えてしたレリスの体感を共振できない。

私はこの夢の二十数ページの省察が文学に必要な、あるいはいまでは消え失せつつある、ということはもはやこんな文学の奥義はない方が読者に受け入れられやすいということでもあるのだろうが、獲得できる読者の数に関係なく、ここにこそ文学的思考の本源があると私は感じる。

ひじょうに安直に言うなら、小説の前半あたりで作者自身が何の狙いも意図もなく書いていたから読む人も全然気にかけずにいた事が、終わりちかくに書いたことと突如として響き合う。それは響き合うだけでテーマとか意味とかがそこから簡単に導き出されるようなものではない、しかし響き合ったというそのことだけで、響き合いに気がついた読者は不思議に心を揺さぶられる、一つのわかりやすい例をあげるならそのようなことだ。

それは、ここは大事なところなのだが、ボルヘスのように、〈円環〉とか〈迷宮〉とか〈ゼノンの矢のパラドックス〉とかそういう出来合いのイメージに頼らずにレリスは書いている、カフカはカフカで『城』の中などで、「城へと向かうと見えた村の道はいくら進んでも城に近づかなかった。それどころか城から遠ざかっているようにさえKに感じられた。」

という書き方が好きで、ここを読んで既成のイメージの力をすぐに借りたがる人は、〈円環〉とか〈迷宮〉とか〈アキレスはいつまでたっても亀には追いつけない。なぜなら……〉というゼノンのパラドックスを持ってくるわけだがカフカはカフカとしてそんなイメージと関係なく独自に書いた、これはカフカが独自にはじめた論法でつまりまったく論理的に説明できるような論法ではない。レリスもまた基本的にはそういう風に既成イメージやフロイトの論法に頼らずに自己省察を進める。

しかし一つレリスの書き方の特徴を言うなら、私の印象ではこの書き方はレリスが生涯にわたって心酔しつづけたとされるレーモン・ルーセルの『アフリカの印象』や『ロクス・ソルス』の書き方に似ている、レーモン・ルーセルの小説は小説の大枠の筋としてはほとんど物語らしきものはない、たいていが情景の展示のような羅列だ、しかし一つ一つの情景にはそこに至る複雑な物語・出来事・仕組みがある、読者は出来事や仕組みをきちんと頭に入れることではじめてその情景が楽しめる、というかその情景に驚く。

だからそれはやはりいわゆる物語のように出来事の順番を時間の流れとともに追う面白さではない、それは一気にくる。よく知っている曲のイントロの数音、場合によってはたった一音でその曲全体を思い出すように、そしてまたある曲が流れてきたらその曲が呼び水となって二十代の恋愛のいくつもの場面が押し寄せてくるように、記憶というのは本来非時間的な特性を持っている。

私はここで人の記憶と書かなかったのは、人よりも動物の方が記憶の非時間的呼び出し能力が高いと私は結論している、この断定にいま私はためらいはない。

三つの夢の省察は、後半で直近の夢（夢③）の後半部に集中するその後半部は庭が舞台となる、

「庭は、規模が少し小さいというだけでなく——いかに慣れ親しんだものとはいっても——それなりに、たくさんの襞が隠れていて、こうしてたえず探索の対象となるのだし、そこから種々の奇妙な事柄が次々と立ちあらわれたりもするのである。」

「夢の覆いのもとに体験される感情は芸術の領域に属するのではないか、なぜならそれは我々が作り上げる想像的世界に結びついているのだから、というものになるだろう（最初のきっかけであったり、回帰するショックであったりする）。」

「さらに深まる空虚を埋め合わせる必要に迫られたとき、私は思弁的議論ではなく、

経験の充実をもってこれに向き合おうとしていた。」

この前数ページで私が自分の考えのつもりで書いたことが省察の終わりちかくにだいたい全部書いてあった、私はたしかに読んだということになるということだろうか。

空虚というのは、直近の夢が前半と後半でガラリと舞台を替えるその隙き間から端を発する思いだ、中井久夫はどこかで夢には「お話かわって」という場面転換があり、人の精神生活にとってこの「お話かわって」が必要不可欠なものだと書いていた、それがないと人は自分を追い詰めることになる、とまでは書いてあったかどうかわからないが私の理解ではそうなっている。

カフカはこの「お話かわって」が得意だ、夢の情景を小説的文章に書くことは誰でも考えるが夢の理解不能な場面転換をそのまま小説的文章に持ち込んだのはカフカがはじめてではないか、カフカについて書くときにみんな情景の一つ一つについては書くがつながらない場面転換のことを書いたのを読んだ憶えがない。小説的文章というのはつながっていなくてもそう書いてあれば（作者がそう書いてしまえば）とりあえずつながる、これは大事なことだ。

中井久夫の言葉を経由すると、レリスは夢の省察で前半と後半、だいたいこれは二つ別々の夢だったと最初にレリスは書いている（もっともフロイトはひと晩のうちに見る夢はまったく違うと見える夢でも同じことを語っていると言った、レリスはそれも意識にあるだろうがレリスは、生涯にわたって夢を記録しつづけたからフロイトに言われなくても自己省察を通じてそういうことは考えていたに違いない）、その二つの隙き間を「お話かわって」で済まさなかったところにレリスの追い詰められがあるのかもしれない、済まさなかったから追い詰められたか追い詰められていたから済ますことができなかったか、どっちが先かわからないが、原因と結果はワンセットで同じことだ。

しかし――中国に関する点検作業がここまで進んだとき、あたかも私が困り果てて気分転換を欲したというかのように――まさにその晩、夢が静かに入り込み、すぐに解読を施さねばならない一個の表意文字のような姿で立ちあらわれた。一個の夢といっても、目覚めたときは細かな断片に砕けていて、即座にそれと分かるわけではないが、もともとは同じ一つの夢だった。もちろん一個の夢であり、現実の私の人生の出来事に関係している（すぐに判別できることもあれば、よく解きほぐす必要があることもある）。

それにまた二つの過去の夢にも関係していて（より絵に近いが、これに劣らず何を意味しているかわかりにくい）、その夢のうちの二番目のものが出現した六か月後に雲南省の西山——私の中国旅行の最先端——で見た光景によって両者の間に渡される壊れやすい懸け橋がもう一つの夢にこれを接続する。以上の夢のうち、見た時期からすれば二番目の夢は最初の夢とほぼ十三年の隔たりがあるが、両者はこの連鎖の他の環とともに、奇妙なことに同じ家族の一員めいた雰囲気がある。

といって、夢の省察がはじまる、レリスの書き方・考えの筋道はここだけでじゅうぶんわかりにくいので訳者には失礼だが私は自分の理解であちこち書き替えた、そうしないと私はここからの二十数ページを丸々筆写してしまうだろう、ということは書き替えはレリスの文章の外に立とうとする私の抵抗か？　逆に書き替えることで私は文章の中に入っていくことになるのか？

私は先行する二つの夢をその後出会った現実の風景につなげたところがまず面白かった、夢の省察への私の興味はなんといってもこの現実と夢の順番が逆であることからはじまった。

ほぼ垂直の岩だらけの断崖、あるときは自然が作り上げたバルコニーで長い道のりの果てに辿り着き、遥か下に展開する魅惑的な光景を見下ろしている。あるときは高くそびえるファサードであり、散歩を終えようとする私は単なるめまいなどではありえぬ不安な感情が入り混じる恍惚感を抱いてそのファサードの壮麗な装飾を眺めてる。それこそ異例なほどかけ離れた時期に見た三つの夢と昆明近郊の散歩に共通する要素であり、

（夢②＝中国旅行の六か月前）自分は見晴らしのよい山の上にいて、ほとんど直角に下を覗き込むと、色のはっきりしない一頭の馬の姿がある。それは平原もしくは大地が区別なく一体化する中でこの目ではっきりと捉えることができる唯一の存在だった。馬の鬣《たてがみ》にも特定の色はないが、そこにはこの動物の生のすべてが凝縮して示されているようで、自分でもよくわからないまま親密かつ遠くかけ離れた意味をこの馬に与えているのは、曖昧だが精確な絆があり、私自身の存在の中の一番把握しきれないでいる要素とこの馬を結びつけようとしてだった。

（夢③＝直近の夢の）境界部分にはまたしても断崖絶壁が登場し、私は山に登る小旅行の最後にそこに辿り着いた。岩だらけの砂漠のような土地を駆け抜ける動物を

眼下に見るが、妖精のごとき馬とそれとの共通点はほとんどない。（これにつづいて、レリスは私生活で立てつづけに起こった憂鬱な出来事と社会的な事件の不安を書く。）

　この夢に登場する小鳥を追って駆けてゆく動物は、別の夢（②）に出てきた馬とは大きさも色も違い、共通点は四つ足動物ということだけ。この動物が散文的でまさに田舎育ちの動物らしいと思われる理由は、現実世界におけるその原型にあたるものがサンティレールの家にいるからで、田舎育ちにふさわしいこの剛健な動物は正式な血統書はないが由緒正しい育ちであることは間違いない。

　要するにこの動物とはまさに私が飼っている雌犬ディーヌなのだが、一か月前からその姿を見ておらず（レリスはいまパリにいる）、相手ができなくて寂しく思いはじめた頃、夜になって見た夢の始まりの部分で、雌犬は私をいきなり放り出して駆け出し（現実の散歩ではよくあることだが）、断崖から真下に向かって——骨折せずにそんなことができるのは猫だけだが、ちょうどそんな様子で——一羽の鳥を追い駆け、勢い余って身を宙に躍らせたのだった。

　この向こう見ずな動物は（……ボクサー犬であるディーヌの御しがたさが五行書かれる……）遠くに姿を消してしまったりすると、犬なのだから必ずまた見つかるはずだと思いながらも、再びその姿が見られるかどうかといつも心配になる。私が夢で感じたのはこれと同じ種類の困惑だった。

いきなり走り出した雌犬がどこまで走ってゆくのか、そしてまたこの雌犬がどうやって断崖の縁の部分に立つ私のもとに戻ってこられるのかがわからなかった。しかしそんな心配は長くは続かず（現実のディーヌが興奮して同じようなヘマを犯す場合も同じだが）、数分後には断崖の別の地点に雌犬は姿をあらわし、私めがけて駆け足で戻ってくるのが見えたのだった。

ここで情景は一変し、次の舞台となるのは荒涼たる平野を見下ろす断崖とはまったく異なる場所である（それが後半の庭）。例の断崖は三つの夢のうちで一番古いものにあっても屹立する姿を見せていたわけだが、形態は似ていなかったはずだ、両者を近づけることがまがりなりにも可能になったのは、昆明近郊で岩だらけの急斜面を訪れた際に得たある種の目撃体験が介在したからだ。

鷲の巣のように斜面にへばりついている一群の建物（上下の方向に互いに折り重なるようにし連なる礼拝堂は、……）を有する道教寺院の他に、つまり高低差のある位置関係をもってこちらのめまいを誘うようにしてへばりつく形で数珠つなぎになっている建物群の他に、私は遥か遠くまで眼下に広がる湖が砂底を見せたり、あるいは水面に泥が浮き上がったりしていて、……。

　訪問者が（きわめて急な斜面が続くなか、山道になったり階段になったりするところを苦労して登り、ときには自然にできたアーケードをくぐって岩棚の細い道を伝って）辿らねばならぬジグザグの道（道になったり階段になったりして急勾配の坂道が続くので骨が折れるが、そのまま行くと自然が作り出したアーケード内部の崖沿いの道になる）の脇には、礼拝堂の中と外を問わず、人の姿やその他のものを象った彫像（とぐろを巻く蛇と一緒になった亀、若い水牛、不死鳥）が立ち並んでいるが、その道沿いに休憩所を配する上下に層をなして折り重なる地形の随所で現実の急斜面がそんな風に飾り立てられていなければ、そしてまた聖なる彫像の存在がなければ、細かな類推が働いて、すでに十三年以上も前に見た夢に忽然とあらわれた崖に山の壁面を結びつける発想は生まれなかっただろう。

　山の壁面はこれを登ってゆくにつれてひらけてゆく眺望もそうだが、その組成のありさまを見ていると息苦しくなってくるのだが、もしも山の壁面がこのように二重の関係をもつことがなければ、ずっと昔に見たものであり非現実のものであることに変わりない崖が、先ほど話題にした二つの断崖との類似に気づかずに終わっていただろう。

というのもこの最初の崖が明らかに他の三つ——夥しい数の像がある西山の崖、両者ともに四つ足動物の疾走によって生気を得ている夢の中の崖——とどこが違っていたかといえば、崖の上から覗き込むというのではなく、私の真正面に崖があったという点になる。たしかに山歩きという事情は同じであり、寺院を訪ねるという目的がこの山歩きのきっかけとなっていた。ただし一番の見ものというべきは、山を背にしてそんな急斜面に建つ教会そのものだった。

　高さも幅もある正面壁は岩の塊にぴったり接しているのでなんとなく一体化しているように見える、そこに彫られた巨大な着色人物像はウェストミンスター寺院にあって奇観をなす王とその他の多くの人物の蠟人形のような像、サンチャゴ・デ・コンポステラの大聖堂の祭壇に覆いかぶさるように存在する長いトランペットを持つ巨大な天使たち、さらにまたもっと小さな頃に見た音楽家たちの人形に回転木馬のオルガン演奏が興趣を添える情景などに似ているように思われたのである。

　じつに美しく大きな（二重の意味で）像の数々が彫られていて、一定の距離をおいて見るだけでめまいに襲われるのであり、さらに近づいて——そうすると本当に桁外れの大きさとなる——教会の外側の崖にじかに彫られ、たぶん岩盤の塊からそのまま浮き上がって立ちあらわれるように見えるはずのこの彫像を前にしたときには、一体どのようなめまいに見舞われることになるやら想像して不安な気分になった。

　ここまでようやく最も最近見た夢の前半部の中心となった崖についての記述がいちおう終わる、長い筆写になったが何といってもこの中心は傍線部の礼拝堂だ。息苦しくなってくると書いていることの強迫的な光景が三つの夢の源泉となっている、傍線部の一つ前の段落の「鷲の巣のように……」も同じ崖の描写で、こちらはレリスは崖の上にいるので遠く離れた場所から崖を見ている、二重の関係というのはそういう意味だ。

　レリスの書き方はなんかすごくわかりにくく私は生い茂る丈の高い草や下にしなる枝の葉やそれに絡まるツタの葉を掻き分けるようにして三つの夢と現実、合計四つの崖を整理しなければならない、整理する必要はないのかもしれない、整理せず、整理して得られたつもりになる理解やイメージと全然別の了解とか体感のようなものが生まれてくるまで繰り返し読むのがいいのかもしれない。

　終わり三つ手前の段落の最初の崖の上についているこのはどこを指しているのか、それはこれから書いてゆく崖のことらしい、このはすぐ前でなくすぐ後ろを指している、フランス語の法則なのかレリスの思考なのか、たぶんレリスの思考だろう、この最初の崖だけが離れて見ている崖でそれが十三年前の夢①だ、こういう風に読者無視で自分の書くことに熱中できるレリスがうらやましい。

そろそろこのあいだの人が来る頃じゃないかと思っているが目と目が合う話をしたあの人はいっこうにあらわれない、あの人の正体もまだわかっていない、しかしあの人のことを思い出していると私はいくらかあの人のように考えている、好きな女性がいて自分の思考がその人の思考に似ている、もっと言えば浸潤されていると感じられたら幸福だろう。

カフカ、中井久夫の「お話かわって」ときて、私はあそこで原因と結果はワンセットで同じことだと考えた、レリスはそこをすでに通り越している。

夢が先か、現実が先か？　夢と現実、どっちが原因でどっちが結果か？

それを引いて離れて見ればワンセットで同じことになる、ということは引いて離れて見ている立場というより境地、あるいは物事をまったく別の様相として捉えるとでも言えばいいのか、レリスは原因‐結果のもっとずっと元にある、それらが形となった源泉が何だったのかとずうっと考えていて、息苦しくなってくるほどの崖に行き着いた。

一つ目の夢の崖は礼拝堂のある崖に現実に出会う前に見ているわけだから予知夢みたいなものだがレリスは予知に関心を示さない、レリスの関心の中心は現実に存在するそれの方だ。

私は前から予知・予言さらに前兆・前ぶれという考え方が浅薄だと思っていた、それに対する批判をいくつか考えたことがあるがたいした批判になっていないと感じていた。たとえばダリは〈内乱の予感〉という絵を描いて、スペイン内戦を予言したと得意になっているが、もともとは〈茹でた隠元豆のある柔かい構造〉というタイトルだった、だいたい私は現実が本当になるより前に解読できている予言を聞いたことがない。

しかし本当になる前にはっきり解読できているとしても驚かなければならないのはそこではない、本当になった現実の方こそ驚かなければならない、その現実が衝撃的だから予言も価値を与えてもらえる。本当に衝撃的な事や物が時間の、流れる秩序を狂わせたとして、誰か異議を唱えられるだろうか？　衝撃という言葉が本来そのことを指していたと考えるのはおかしいだろうか？

自分に関わることばかり書いているように映るレリスの最終的な眼差しは形を結

んだ自分の思考の源泉に向いている、その源泉とはそこから思考も驚きも流す現実のことだ。『道徳経』のところでもレリスは延長部分とわざわざ書いている、一〇六ページの筆写にも「自然への働きかけの力」というフレーズがあり、アフリカなど未開の地への旅行の衝動が、

「それは私を閉じ込めていた習慣の円環を破壊し、二足す二は四だというのが知恵の定石となっている西欧的人間の知的束縛を取り除き、全身全霊をもって一個の冒険——その冒険から自分は二度と戻ってはこない、なぜならこのプリミティヴィズムの水のなかで泳いだあとでそこから出るときには知的にも精神的にも元のものと同一人物であるはずはないと思われたのだから——に自分を投げ入れることである。」

とレリスは書いている。私はここが特別好きだ。

レリスはこのあと夢③の後半の庭のことを考えてゆくが庭自体より前半と後半の空隙について、レリスはもっとずっと惹かれていると私には見える。

ロカイユの驚異的な透かし細工の技を尽くしたものは中国の庭園でよく見かけるものであり、その形態は起伏以上に穿たれた孔によって決まるわけだが、そんな風

にして私の夢には空洞の孔があいていて、孔であってもそれなりの重要性があると思ってみる。中身が詰まったものばかりではなく、もしもこの孔を次に調べてみるならば、たぶん空洞が「雄弁な沈黙」となり、これを出発点として、おそらく夢の真実を完全に捉えることができるようになるのではないだろうか。

空隙のうちで最も驚くべきもの、つまり目覚めた瞬間に、それがただ一つにつながる夢だと一瞬たりとも疑わずにいればそうはならなかっただろうが、じつは同じ晩に二つの夢を見たのではないかという考えに向かわせるきっかけとなる空隙は、まさしく山に関係する挿話と田舎の別荘を舞台とする挿話を分離する空白だった。

レリスはとにかくいろいろなことを考えているがとりあえず私が何を書いているのかわかった（このわかったという言葉以外にいい言葉はないものだろうか、自転車なら乗れる、打者なら打てる、そういう意味の言葉が）のは、崖が三つの夢の源泉であることと空隙のことだ。それは襞でもある。

庭は、規模が小さいというだけではなく――いかに慣れ親しんだものとはいっても――それなりに、たくさんの襞が隠れていて、こうしてたえず探索の対象となる

のだし、

　私はこの庭の襞というところを読んだとき、かつて磯﨑憲一郎が書いた〈古墳公園〉というエッセイを思い出した（「群像」二〇〇八年八月号）。

　いまから三十年も昔、いやもしかしたら四十年近くも昔の話なのだが、東京近郊のある町の、住宅地に隣接する森の中で、私は仲の良い友達――名前は仮にAとしておこう――と二人で遊んでいた。冬が始まる季節だった。遊ぶといってもただひたすら森の中を歩くだけで、知らぬうちにずいぶんと長い時間が経っていたのだろう、夕方の黄色い日差しが日没に近づくにつれて濃くなっていた。西の空も冬枯れの裸の木々も同じ柔らかな色に染まっていくのを二人ともきれいだとは思ってはいても、子供はそんなことを口に出してはけっして言わない。近くでキジバトが鳴いていた。どこをどう歩いたのか、とつぜん目の前にぽっかりと、枯れ草に覆われた丘のような、小山のような場所に出てしまった。周囲には松やクヌギ、ブナなどの雑木がほとんど隙間なく生えているのに対して、その小さな丘にだけは木は一本も生えていなかった。毎日のようにこの森で遊んでいるというのに、こんな場所があることにどうしていままで気がつかなかったのだろう。私は、その丘にも冬の夕暮れのふわふわとした光が注がれて、ほとんど金色に輝いているのに見とれていた。我に返るとAがいなかった。周りを見回して探してはみたが、なぜか声をあげて呼ぶことまではせずに、どうせ明日また学校へ行けば会えるのだからという軽い気持ちで私はそのまま家へ帰ってしまった。

ところが翌日、私はAに会うことができなかった。これがたまたまAが風邪か何かで学校を休んでしまったからなのか、Aではない別の友達と私が遊んでいたからなのか、私とAは近所に住んでいて放課後しばしば遊んではいたのだがじつは別のクラスか別の学年だったのか、そこのところはどうしても思い出せないのだが、

（以下、略）

これはエッセイの前半部だ、このAの消息に襞と同じものを感じる、とても大切にしていたオモチャやぬいぐるみを子どもがある日を境いにまったく見向きもしなくなり子どもはもうそのときすでに忘れている、自分がそれを大切にしていたことも含め丸ごと忘れる、しかしそれは捨てられたり燃やされたりしたわけではない、それは引っ越しのときに物が片づけられた廊下の隅にポツンと転がっていたり、中

学生になって庭の隅にエロ本を隠しに行ったらそこに汚れて、それでもまだ形をとどめているそれに遭遇したりする。

レリスの襞は遭遇するところまでを意味しているがこの〈古墳公園〉は消えること、思い出せないところまででそれが襞となる。この襞が作品に頻出するのが山下澄人で、なかでも一番襞だらけだったのが『壁抜けの谷』だ、これについて、古谷利裕がブログの〈偽日記〉の二〇一六年九月十六日に、

「ポケットに穴があいていて、ポケットのなかの物をいろいろとポトポト落っことしながら歩いていって、しばらくすると落とした物に気づいて（というか、それを自分が落としたのか、他人の落とし物なのか分からないままで）、それを拾ってまたポケットに入れるのだけど、結果としてまた落っことす、みたいな感じの小説。」

と、じつに見事な比喩で言い当てている、比喩といってもこれはレトリックでない、読んだときの体感としてこうとしか言いようがない、比喩の起源の体感だ。

レリスは（たぶん）直接には書いていないが、空隙、空白・孔・穴そして襞とはカオスのことだ、カオスはもともとギリシャ語では、裂け目とか口を開けた状態とか何もない空間とかを意味していた、それが宇宙のはじまりの原初の状態でそこからいろいろなものが出てくる。だからレリスが『縫糸』の第I章で三つの夢の源泉

が中国の崖だと思ったことと、夢の空隙にこだわっていることと、庭を襞だらけと感じる見方はすべて同じ志向だと言うこともできるが、それを言い当てたつもりになってもそこは問題ではない、大事なのはレリスが書いている中身と書き方だ。

レリスは、夢の省察を経て、次に妻を置いて一人で行った旅行のことを書き、そして私がカタカナで筆写した告白みたいなことを書いてゆく、そしてついにあるパーティの晩、レリスは激しく酔って、深夜、睡眠薬を大量に飲んだ、

毒薬を貪り噬《の》むことでめざしたのは、自らの命を断つというよりも、思い切って宙に身を躍らせるのに近い行為であり、のちに――救助され、二度と同じことはしないと心に誓い、再出発に向けて懸命な努力が必要となったとき、この行為は例の夢の中で示されていた意味へと改めて思いを向かわせることになった。その夢の解釈を途中でやめるべきではない理由は明らかであって、いきなり駆け出して、一羽の小鳥を追おうとする犬のディーヌが断崖から宙に身を躍らせるその跳躍の意味を明らかにしなければならない。

どんなことになるのかを先をよく考えずに突進し、コインを投げてその裏表で決

めるようなやり方で自分の命をあずけるに似た向こう見ずな振る舞いを成し遂げること。睡眠薬を嚥むことで私がなおも求めていたのは（……略……）至福の存在として、そしてまた同時に非存在として、その中で溶け合い、すでに死の領域に入り込んでいるが、いまだ完全に死そのものとはなっていない境界地帯に接近するのだが、それはまた私が見た数多くの夢に登場しノートにも書きとめておいたあの急斜面が（おそらくは）そびえる場所なのである。

『縫糸』の、夢の省察は五四ページにはじまり、犬のディーヌという名前は五八ページに出る、そしてそこから話は延々つづいて、一三〇ページに再び突然、「一羽の小鳥を追おうとする犬のディーヌが断崖から宙に身を躍らせるその跳躍」と出てくると、私は回帰するショック（一四四ページ）を経験した、これは間違いなく複雑に入り組んだ小説で経験する楽しみだ、しかしこの驚きはやっぱり表層的なもので、本当に感心するのはレリスが自分の心に引っかかるすべての関心を引きずりつづけて書いていることだ。そこから出てきたのが崖という源泉と空隙だった。

それはカオスでもありマグマでもある、この強い現実が心の活動のカオスやマグマとして働くことのリアリティが、驚いたことに冒頭のグレアム・グリーンの二つ目の傍線部に書かれていた。私自身すでにレリスと同じようにたんに夢と夢を見た人との関係としてこの短篇を面白いと思ったわけでなく、それを生成させた外の現実として＝カオスやマグマとしての愛がここに書かれているからなお一層これに惹かれた、ということになると思う。

しかもこれにつづくラカンの話には犬まで出てくる、外の現実というのは奇妙なものだ。

しかし……と、私はこれをひととおり書いて、ふと気がついた、レリスの『縫糸』もここに筆写した他の文章も、最近の私がときおり強烈に感じる過ぎ去った日々の停滞感というのか過去を振り返るときの時間の遠近感のなさというのか、過去の遠ざからなさというのか、そういう六十歳を過ぎた人間の、若かった頃には考えもしなかった過去の感触についてはここには書かれていない、というかそういうことが書かれた本が私はひとつも思い浮かばない。時間というものを人間が本質的にまったく理解できていないということが露《あら》わになるのもまた夢の性質で、私はいまそのことを少しでも形にしたいと思っているらしい。

読書実録〔バートルビーと人類の未来〕

メルヴィル『バートルビー』、一時は翻訳が入手しづらかったが今はいろいろ読める、ウォール街に弁護士事務所をかまえる弁護士のところにバートルビーというもともと寡黙で痩せた若者が代書人として働きにきた、代書人、書士、筆生、訳語はいくつかある、原語の scrivener は辞書をみると古い言葉だとまず書いてある、タイプライターなどがまだなかった時代に公的文書を浄書した。

バートルビーはある日、浄書した文書に誤字、脱字がないか、いつものように他の代書人たちと読み合わせするように雇い主である弁護士が言いつけると、

「せずにすめばありがたいのですが」

と言って、読み合わせを拒む、それだけで代書人としては前代未聞だ、弁護士は寛容にもバートルビーの拒否を受け入れた、しかしその後バートルビーは他のちょ

っとした雑用も、

「せずにすめばありがたいのですが」

と拒むようになった、そしてとうとう浄書の仕事も、

「せずにすめばありがたいのですが」

と拒む。それだけではない、バートルビーはこの物語の語り手である弁護士の気づかないところでこの事務所で寝起きしていた、つまり住みついていた、それもたぶんここで働き出した最初から。食べるものと言えば、使い走り専門に雇われている子どもに買ってこさせるジンジャーナッツだけ。バートルビーは事務所で寝起きし、外にはまったく出ず、ジンジャーナッツ＝生姜入りビスケットだけ食べて生きていた、生きていたとは言ってもバートルビーは全体として緩慢な自殺をしているようだ。

浄書まで拒むようになっても弁護士はしばらくバートルビーを追い出さなかった、たいていの解説では語り手のこの弁護士を善意だけでできているような木偶の坊みたいに書く、そうだろうか？　彼はバートルビーに一度だけキレたとき、すぐにこう考えた、

「私は神経質な憤激状態になってしまったので、とりあえず示威をこれ以上おこな

うのは控えるのが慎重だと思った。バートルビーと私の他には誰もいなかった。私が憶い出したのは、不運なアダムズとさらに不運なコルトが、人気のないコルトの事務所で演じた悲劇のことだった。コルトは何と哀れだったことか。アダムズに怒りの炎を焚きつけられた彼は、慎みを失ってひどく興奮してしまい、気づかぬうちに、自分の命運を決することになる犯行へと行き急いでしまった——この犯行を誰よりも嘆いたのは、行為に及んだ当人だっただろう。この一件について思いめぐらすとき私がよく考えたのは、もしあの口論が公的な街路や私的な邸宅で起こっていれば、あのような終わりかたはしなかっただろうということだ。」（高桑和巳訳）
『バートルビー』が書かれる十二年前の一八四一年、訳者の高桑氏の注によると、印刷所経営のアダムズが彼から金を借りていた会計士のコルトによって、コルトの事務所で殺された事件があった。こういうことを考えている、たぶん日々アタマの中ではこういうことを考えている人がただの木偶の坊ということがあるだろうか、この弁護士は殺人事件などの弁護とは関係ないどういうことのない法律文書を扱っているだけみたいなので職業柄こういうことを考えるということはない、そうでなくこの人固有の人間観として人間の心の奥にある狂気や悪意を善への信仰によって抑え込んでいるんじゃないかと感じる、私は人が言うよりずっとこの語り手が面白い、しかし今はバートルビーだ。

　私はこの話を四、五年前にはじめて一度だけ読んだ、そのとき私はバートルビーは心理学的に、あるいは精神医学的にどういう疾患に分類されるのか？　いまだったらほとんどの人が、

「バートルビーはアスペルガーである」とか、

「バートルビーは場面緘黙《かんもく》症である」

　などと言うのではないか？　そのような疾患、症例として分類されることでこの小説の持つ何とも言いようのない、言えなさ、消化しがたさ、冥《くら》さ、小説それ自体のバートルビーのような解釈しがたさ……が、最近のすぐに疾患に分類命名される風潮の中で一番肝心なその感触からみんなの注意を逸らされるのではないか？　と思ったが、そのように疾患・症例を読むようにこれを読んだのは他でもない私自身だったようだ。

　今回私はこれを読んで前のようには心理学や精神医学に解消されるおそれはないと思った、四、五年前私は今よりずっと精神医学の本を読んでいたからか、それともっと単純に読み手としての私の気分か、それとも四、五年のあいだに心理学や精神医学の趨勢が弱まったたか。

私は『バートルビー』を再読したのはその前に『ベニート・セレーノ』というだいたい同じ長さのメルヴィルの、こっちは海洋小説だ、漂流してきた船が舞台の話だ、〈漂流船〉〈幽霊船〉〈地の涯の海〉いろいろな邦題になっている、〈ベニート・セレーノ〉は漂流船の船長の名前だ、これでは海の話か陸の話かすらわからない、メルヴィルは『ビリー・バッド』もそうだがうまくはまると面白いがはまりそこねると何も感じない、そこが極端だ、『バートルビー』は入りやすい、序盤は少し長いが中篇だからこんなものか。

メルヴィルは今は何が入手可能なんだろうとアマゾンを調べていたら『バートルビー――偶然性について』ジョルジョ・アガンベン著というのが出てきた、「「する」ことも「しない」こともできる潜勢力とは何か。西洋哲学史におけるその概念的系譜に分け入り、メルヴィルの小説『バートルビー』（一八五三年）に忽然と現れた奇妙な主人公を、潜勢力によるあらゆる可能性の「全的回復者」として読み解く。」

内容説明にこう書いてある、私は世界の枝分れ、可能世界、並行世界……が昔から好きだ、タイムマシン、運命論、タイム・パラドックス……目につくと買う、私はいくつもある選択肢から一つだけを選び取るのが苦手だ、そういう局面に立たされるとひじょうに困る、選択は他の人がしてほしい、私に何かを決めさせないでほしい。私はずうっとそう言ってたのに私はいつの間にか、

「人生とはあれもできるこれもできるという可能性の束でなく、こうとしか生きられなかった、自分はこうでしかない、だ。」

と私は考えるようになっていた、私はそう言った方が格好いいからそう言ったのか、たんに一時の気の迷いだったのか、あるいはこの人生観と可能世界は本当は同じことなのか……、

「いや、あなたは大事なことをスルーした、っていうか、ごまかしたよ。「たんに一時の気の迷い」でなく、あなたは一時どころか相当長期間、本気でそう考えていたよ。」

「こうとしか生きられなかったって？」

「もちろん。」

「そう言われればそうだ、」

「あなたはそうじゃなかったら、ここでわざわざ一時期の変節なんか書く必要ないんじゃない？　一時期って言っても、十年以上、もしかしたら二十年かもしれない。」

「で、なんでだと思う？　理由知ってる？　ていうか、思い当たる？」

「せずにすめばありがたいのですが」

「セズニスメバアリガタイノデスガ」

私は最近よく思う、言葉・言い回し・フレーズ、それらは記憶しやすく、かつ謎が残る、意味はよくわからない、人によって受け取る意味ないし感じが違う、ということは同じフレーズが同じ一人の人の中でも思い出すシチュエーションによって意味、雰囲気、色合いが変わる、そういう言葉が長く残る、人の記憶に刻まれるのではないか。

ジョルジョ・アガンベンの『バートルビー――偶然性について』という本は、アガンベンの〈バートルビー――偶然性について〉という論文と訳者の高桑和巳氏があらたに訳したメルヴィルの〈バートルビー〉と、この本の解説としての高桑氏自身の〈バートルビーの謎〉という文章という三部構成になっている、高桑氏の文章ではブランショ、ドゥルーズ、デリダによるバートルビー論が引用されたり、触れられたりしている、そしてその文章の終わりはこう書いてある。

「死へと行き急ぐものが存在する。そこには意味も生産性もない。それはどのような矯正の試みにも抵抗するが、だからといって、抵抗するにあたって何らかの強い力を示すわけでもない。そのようにして、それは目に見えないものになっていくが、とはいえそれが存在していることに変わりはない。そこにおいて、救済に依拠する語りは限界に到達する。

そのような像のなさに対して「私たち」ができるのは、解きほぐすことのできないその結び目自体に対して場を与えることだけとも思える。しかし、因習的な救済をひとたび離れれば、「私たち」もまた、自分のなかの「像のなさ」へと到達することができるのかもしれない。

たしかに、「壁の下のところに奇妙なふうに体を屈して膝をかかえ、横向きに寝そべり、頭は冷たい石に触れている、ぐったりしきった」姿勢はあまりに平凡なので、「私たち」に共通のものとして――ましてや「政治的なもの」としては――口にすることすらためらわれるように思える。だが、この特異な形象の出発点こそ、まさしくこの生死の判別しがたい姿勢なのだろう。メルヴィルが試みたのは、この像のなさ自体の痕跡を残すことだったのかもしれない。

この試みが成功しているかどうかは、居心地の悪さという形を取るバートルビーの精神が、どれほど読者に謎としてとどまるかによって量られるにちがいない。そして、その謎とともにあるということこそ、おそらくは、作品への忠実さへと向かう道にほかならない。」

書き写し中の「壁の下のところに奇妙なふうに体を屈して膝をかかえ、横向きに寝そべり……」はバートルビーが死んだときの姿勢だ、像のなさというのは階級など社会的な所属先を持たないという意味でここでは使われている、バートルビーは労働者階級にも属していない。

私はこのバートルビーの最期の姿勢を読むとベケットを連想した、甕の中で膝をかかえてぶつぶつしゃべりつづける『名づけえぬもの』ということでなく、『モロイ』以後のベケット全般を連想する、そうか、ベケットはバートルビーのことも考えていたのかと、はじめて気がついた、前回、心理学だの症例だのと考えていたときはたぶん気づいてなかった、だいいち私は今回気がついたのはこの高桑氏の文章で気がついたようなものだ。

高桑氏のこの文章はよくて、まさに、

「どれほど読者に謎としてとどまるか」

と書いているとおり、解釈を押しつけてこない、アタマの悪い批評ほど書かれているものをそのまま受け止めずに解釈する、その意味づけをする、「作者はこう考えている」などと作品の意図を臆測して語り出す。意図はそんな簡単に言えるものではない、それは冥い、言葉にしがたいものとしてある、何でも言葉にできるとか言葉にできないことはないと考える人は考えるのに言葉しか使ってない。

それを受け取め、冥いものの前で黙ることを、無力、無能、敗北……と思う人がいる、人は能動的でなければならない、意欲的であり活動的であり生産的でなければならない、と思っている。

カフカにこういう断片がある、

「あの野蛮人たち——彼らは死にたいという欲求の他にはいかなる欲求も持たない、いやその欲求すらもはや抱くことはなく、むしろ死の方が彼らを欲求し、彼らがそれに身を委ねる、いや身を委ねるというよりも、ただ岸辺の砂の中にくずおれて二度と起き上がることはない、と語り伝えられている——あの野蛮人たちに、ぼくは似ている。そしてぼくの周囲にも、同族の兄弟がたくさんいる。しかし、この近隣の国々の混乱はじつに大きく、その濁流が日夜おしよせて、兄弟たちはこれに押し流されるのだ。それはこの辺では「人の手助けをする」と呼ばれており、そういう援助態勢がつねに整えられている。理由もなく行倒れになってそのままいつまでも転っているような者を、人々は悪魔のように怖れる。それが先例となり、この先例

から真理の悪臭が立ちのぼることを忌むのである。（以下略）」（『決定版カフカ全集第三巻』の断片、飛鷹節訳）

日本ではベルトルッチ監督の『シェルタリング・スカイ』の原作者としてたぶん知られているポール・ボウルズ、一九一〇年生まれ一九九九年死去、一九三〇年代にはパリにいた、作家であり作曲家であり、第二次世界大戦後はモロッコに移住した、というような経歴は私はどうまとめればいいのか自分のこともわからない。

そのポール・ボウルズの妻のジェイン・ボウルズ、ウィキペディアによるとポールが小説を書くようになったのはジェインの影響だ、ジェインは残した作品は少ないが才能ではポール・ボウルズより上とも言われていたそうだ。ポールは晩年モロッコのフェズにいてそこにはジャン・ジュネも訪ねてきた、スティングも訪ねた、他にも思い出せないがいろいろな人がポールないしポールとジェインの夫婦を訪ねた、二人とも同性愛者で後半生はそれぞれ別のパートナーがいた。

ジェインの晩年は精神病院の病室だった、若い頃パリからニューヨークに向かう船上でセリーヌと出遭ったりもした、ジェインはセリーヌと船上で話をした、そのジェイン・ボウルズが一九四三年、二十六歳のときに出版した『ふたりの真面目な女性』というとても奇妙な小説で、生き方に迷う女性たちとパーティーで親しくなり家に女性二人を連れて帰って一晩過ごした翌朝、二人を連れて帰ってきた頼りない若者にその父親がこう説教する、

「きっとすぐわかることだろうが、あいつはどちらかと言うと出来のいい方じゃない。戦うということがわかっていないんだ。女はそんな男に魅力を感じないだろう。現に、アーノルドの人生にそれほどたくさんの女は現れなかったと思う。こんなことをあなたに言っても大目に見てくれるね。

私自身は戦うことになれた人間だ。アーノルドのように隣人たちとお茶の席に着くのではなく、生涯をかけて彼らと戦ってきたんだ。隣人たちも虎のように反撃してきたが、私のやり方はアーノルドとは違う。私の人生における野心はいつも隣人たちより高い木にいることだった。知り合いの中の誰よりも低い場所で終わった時、私はすすんでその辱めを受けた。

もう何年も外に出たことはない。誰も会いに来ないし、誰にも会いに行かない。だが、アーノルドやあいつの友達みたいな連中は、本当の意味で何も始めることはないし、何かを終わらせることもできないんだ。私に言わせれば、あの連中は汚れた水の中に住んでいる魚のようなものだ。(以下略)」(清水みち訳)

私はここを書き写していたら中学二年のときだったと思う、山梨からこっちに出てきた父がいろいろ、何かにつけて頼りにして相談に乗ってもらっていた、トゴシのおじさんという人がいた、おじさんと言っても両親どちらかの兄弟じゃない、父の父親の従兄弟ぐらいの人だった、父はまたトゴシのおじさんのところまで行って帰ってきた日、父が私に言った、

「今日トゴシのおじさんに会ってきたら、こんな話をしてくれた。競馬の馬っていうのは尻を叩かなくても他の馬より前に行こうという習性があるだそうだ。

人間も同じこんで、誰にでも人より前に出たい、人より褒められたいっちゅう気持ちが本能的に備わってるそうだ。」

「だからおまえも頑張れ」ときっと父はこの話を締め括ったか、あるいは父はダメ押しめいたことは言わなかったか。

トゴシのおじさんがこんなくだらない話をわざわざ父にして父がそれをわざわざ私にしたのは、中学二年の私がそろそろ勉強をサボり出したのを父なりに心配してトゴシのおじさんに相談しに行ったということだろうか？　話のついでにそんな話も出たのか？　しかしあのときの父の、いい話を聞いてきたからおまえもしっかり聞けという父には珍しい態度は、何しろそのときのことを私はこうして今も忘れて

いないんだから、つまらないことほど忘れないという考えもあるが父はあの日わざわざトゴシのおじさんに私の成績の相談に行ったに違いない。言葉の中身はくだらないとしても父の親として子どもを思う気持ちにはアタマが下がる、このアーノルドのお父さんの発言を書き写していて私はそれを思い出した。横尾忠則さんが「親であることは業《ごう》だ」と言ったのも思い出す。

私ははじめてここを読んだ頃、私は男たる者、挫けそうな気持ちに鞭打って社会に出て戦っているのだから、戦わないヤツを許せないのだと思っていた、私は長いあいだそう考えていた、ホントはそうではないんじゃないか、男たる者、社会に出て戦うのは、

（1）社会に出ない、戦わない生き方のロールモデルがいない、

しかしいたとしても、

（2）戦わないのは不安で戦ってる方が安心である、

ということなんじゃないか。カフカが言ってるのはそういうことだ。

理由もなく行き倒れになってそのままいつまでも転がっているような者を、人々は悪魔のように怖れる、忌み嫌う。カフカとジェイン・ボウルズではなんか極端と

いうか、この人たちがこう言うのはあたり前というか、なんと言うのがいいのか、私が最近好きであちこち引用するオリヴァー・サックス、肩書きは脳神経科医というとになるらしいが、それはなんかガルシア＝マルケスをノーベル文学賞受賞者と紹介するのに近い、『百年の孤独』がノーベル文学賞以上であるようにオリヴァー・サックスは脳神経科医以上だ。

サックスは全色盲というひじょうに珍しい疾患なのか体質なのか、それがとてもたくさん住む島に行った『色のない島へ』という本で、ここはミクロネシアのたくさん散らばる小さい島の一つで、島はどうしても孤立するからそれによって劣性遺伝で顕在化しにくい全色盲が緩い近親婚みたいにして島の中で顕在化した、そしてこういう南の小さい島は産業が育ちにくくよそからの支援に頼らざるをえない面がある、島民たちは支援を受けるのをあたり前と考えて怠惰になる、しかしそこで向上心にあふれ、島を将来は変えたいと思ったジェイムズという青年とサックスは出会った、

「賢くてやる気にあふれ、より大きな世界を求めていたジェイムズは、奨学金を得てグアム大学で社会学を五年間勉強した。そして大きな夢を持ってピンゲラップ島へ帰ってきた。島の産物の販売効率を上げたり、より良い医療や保育のサービスが

得られるようにしたり、島のすべての家庭に電気と水道を引いたり、教育の質を向上させたり、島民に新しい政治意識や自分の島に対する誇りをもたせ、すべての島民、特に全色盲の島民が、自分が経験したような苦労なしに読み書きできるようにする。これが彼の夢だった。

しかし、それらの夢は何一つ実現しなかった。ジェイムズは恐るべき惰性、変化への抵抗、無気力、なるようにしかならないという島民の意識の壁にぶつかり、そのうち彼自身が努力することをやめてしまったのだった。ピンゲラップ島では自分の能力と教育に見合った仕事を見つけることは不可能だった。というのもピンゲラップ島のような自給自足の社会では、仕事自体が存在しないのだから。例外は医療関係、行政府、そして教師が何人かといったところだ。ジェイムズは自分が一度後にした小さな世界にもう一度完全に溶け込むことはできず、自分が社会から離れたよそ者だということに気づかざるをえなかった。」（大庭紀雄監訳）

ここでサックスはやっぱり他の人と同じように向上心を称揚し、怠惰を批判する、サックス自身「というのもピンゲラップ島のような自給自足の社会では」と、この地域の特性をちゃんと見ていて、なお批判的なのだ。

私は『バートルビー』を今回再読するより前にこの本を読んでいた、それでもこの部分には他よりずっと強くチェックを入れていた、私はよっぽど向上心、努力……等の無条件の肯定が嫌いみたいだ。この少し前、サックスがこの島に着いて間もない時点で、同行の全色盲の学者クヌートのことをサックスはこう書いている、全色盲というのは字ヅラからはまあ誰でも字として了解はするが、本当にまったくモノクロ、白黒の映像と同じ、白－灰色－黒という単色でグラデーションだけがある視界だという、

「クヌートは豚だけでなく植生の豊かさにも心を奪われていた。彼は植物をはっきり見ることができ、むしろ私たちよりも明確に見ていたに違いない。というのは、私たち通常の視覚の人間にとっては、目が慣れるまでは単にいろいろな緑が入り混じっているように見えるものでも、クヌートはその明るさ、像、形、質感などの重なり合いを、しごく簡単に見分けることができるからだ。クヌートはそのことをジェイムズに伝えた。するとジェイムズは自分も、島の全色盲の人もそれはみな同じだと答えた。

「全色盲の誰もがこの島の植物を見分けることができますよ。島の風景はほとんど単色なので、それに助けられてもいるのでしょうが」

たしかに島には赤い花や果物もあるが、これらはある光のもとでは見えなかった

りすることも事実で、その他は何もかもが緑色だった。

「じゃあ、バナナの場合はどうなんだい？　たとえば黄色いバナナと緑色のバナナを見分けられるかな」と、ボブがジェイムズに尋ねた。

（略）

「ね、お分かりでしょう。私たちは色だけで判断するわけではないのです。目で見て、触って、匂いを嗅いで、それで分かるのです。全感覚を使って考えるんです。あなたたちは色でしか判断しませんけれど」

ここで質問に答えているのが島民の心性に埋もれていない、いったん外に出て自分をよそ者の言葉で語ることができるジェイムズであるのは、サックスはここは素朴にスルーしているが、だからこの本で自己を対象化する説明能力はまったく問題にされないがとても重要だ。

ジェイムズは全色盲については島の外に出ても当事者だから全色盲の人の感触や世界像を語ることができる、そういう言葉を外で学んだのかもしれない、しかしジェイムズは島民の、

「恐るべき惰性、変化への抵抗、無気力、なるようにしかならないという島民の意識の壁」

は共有していない、だからジェイムズはピンゲラップ島の自給自足の社会が持ついいところを教えることができず、

「私たち通常の視覚〔価値観〕の人間にとっては、単にいろいろな緑〔単にいろいろな怠惰さや無力〕が入り混じっているように見える」

という、目が慣れる以前の状態にサックスの島民の心性の理解はとどまった、サックスは向上心・能動性・主体性・活動性は良くて、怠惰は良くないという二分法でジェイムズの挫折と島民の心性を語っているが、島の特有の条件や環境をよく見てみれば、このサックスの二分法はヨーロッパ式のものであって、暑くて食べ物には困らず小さい島々が陸とたぶん全然違うだろう孤立かつ交流をしているそこから生まれた怠惰や無気力と最初見えた心性は、たとえばヨガの行者のコスモロジーと通じるところがあった、というような発見ができたかもしれない。

　精神疾患や感覚の異常などの症例を抱えた人たちとオリヴァー・サックスはいつも驚くほどの共感を持って接している、ここで島民の心性にいつものような注意を払わずに通り過ぎてしまった理由は、人としてあるいは欧米人として、向上心・能動性・主体性・活動性……etc.は善－悪の検証をいちいち必要としない、無条件で絶対的な善であるからだと思う、ブラジルの人類学者ヴィヴェイロス・デ・カストロ

の『インディオの気まぐれな魂』に、引用の引用になるが、
「秩序、根気、厳密さといった諸観念、ヨーロッパ人にとっては第二の自然のようなものであり、市民社会の存立にとって根本的な必要条件と思われる諸観念」（近藤宏、里見龍樹訳）

は、ブラジルの先住民にとって縁遠いものだったという文献が引用されている、それゆえ、

「理由もなく行き倒れになってそのままいつまでも転がっているような者を、人々は悪魔のように怖れる」。

そうなのだった、私は〈ベニート・セレーノ〉→〈バートルビー〉というメルヴィルつながりだけでなく、『インディオの気まぐれな魂』によって気がついた、気まぐれ・怠惰・無計画……etc.アジアのこの社会でも留保なしに良くないとされているることが持つそれなりの理というか言い分、私はそれに気がつくと同時に私はそれらになんとも言えない郷愁を感じたのだった。私がまだ子どもだった昭和三十年代あるいは一九六〇年代のどこかまで、気まぐれ・怠惰・無計画……etc.はそうである親や隣り近所の人たちからの移り香のように小学校の教室に一定数の子どもたちによって持ち込まれていたのだ、私は非主体性・非能動性・非活動性への関心と郷愁

が『バートルビー――偶然性について』の内容説明を読んで激しく反応したのだった。

さっきの質問者への答えは私自身が知った、私は九五年の〈この人の閾（いき）〉、書いたのは九四年の夏だった、私はこういうことを書いた、ぼくは学生時代映画のサークルで一緒だった、一つ年上のいまは結婚している、小田原の住宅地の一角に住んでいる、主婦で子どもが二人いる真紀さんという先輩を訪ねる、そこでぼくは真紀さんから三沢君と呼ばれる、ぼくはヨガの行者や禅の高僧やイルカは人間の社会の経済活動やいわゆる建設的な活動に貢献しない、この社会では彼らの知能や頭の活動を測る方法はない、しかしそんなことに関係なく彼らはスゴイとぼくは言う、真紀さんはそれを否定する、

「「――だから言葉が届かないところっていうのは〝闇〟なのよね。そういう〝闇〟っていうのは、そこに何かがあるんだとしても、もういい悪いじゃないのよね。何もないのと限りなく同じなのよね。」

ぼくは黙ってビールの残りを飲んで、真紀さんの言ったことがわかりにくかったからもう一度たどり直した。

イルカの知能は人間のものさしでは計れないと、まず真紀さんは言った。言葉は光であるというヨハネの福音書の言い方を借りるなら、言葉の届かないところは〝闇〟だということになる。〝闇〟には言葉がない。言葉がない、つまり言語化されなければ人間にはそこに何があるかわからない。何かがあっても人間には理解できない。言葉が届かないということは、何もない状態と限りなく同じである——と、堂々めぐりのような論法だけれど意味としてはこういうことだろう。」

九四年に私はそう書いた、いま私は「言語化されなければ人間にはそこに何があるかわからない」と言わない、

「言語化されなくてもそこに何かがあるのはわかる、そこに何かがあることがわかっているのにそれを言語化しようとするから何もないことになってしまう。

言葉は人間の活動の全体でなくごく一部なのだ。」

いま私はこう言う、言葉・言語化にこだわっていたあいだ私は「こうしか生きられない」の世界観だった、言語化・言葉の力への関心がどんどん薄れて可能性の束、ああもできたこうもできた、枝分れする宇宙になった。それにしてもいま読むと真紀さんはなかなか攻撃的だ、芥川賞受賞が決まると私は選考委員と記念対談するという慣例を無視して友人の樫村晴香と対談した、樫村は、

「この作品を芥川賞に選んだ選考委員はたいしたものだ」

と上から目線のことを言った、真紀さんは前から三沢君に誘いをかけていたと言った、性的な誘いではない、男と女が昼下がりに二人でいて何も起こらないのは変だと言った選考委員もいた、それへの回答として私はヨハネの福音書を出した、真紀さんの考えは樫村の考えだ、この小説の第一稿を書き終わった頃私はちょうど日本に帰っていた樫村と会った、江の島の土産物屋の隅の喫茶コーナーみたいなところだったかもしれない、樫村とはたまに会うと四、五時間は話した、私はそのあと真紀さんの言葉を書き直したか書き足したかした、あのとき私は三沢君が言ったことを樫村に言った、すると樫村は、「うーん」と三十秒か一分考えて、

「つまりバカということだよ。」

と言ったのだった、ヨハネ福音書の「はじめに言葉があった。言葉は神とともにあった。言葉は神であった。……」というのもたしかそのとき樫村は言った、樫村は折りにふれては「聖書を読め」と私に言った、

「……この方は、はじめに神とともにおられた。すべてのものは、この方によって造られた。造られたもので、この方によらずできたものは一つもない。」

とヨハネ福音書はつづいてゆく。

ジョルジョ・アガンベンがこの本で中心に置いている潜勢力というのはどういうことか、

「精神とは何らかの決まったものではなく、純粋な潜勢力の存在」であり、「まだ何も書かれていない書板という譬喩こそまさしく一つの純粋な潜勢力」の在り方である。

「潜勢力はすべて、アリストテレスによれば、つねに、存在しないことができる、為さないことができるという潜勢力でもある。そうでなければ、潜勢力はつねにすでに現勢力へと移行し、現勢力と区別がつかなくなってしまうだろう」

「建築家は建築することができるという潜勢力を、それを現勢力に移行させていないときにも保つ。キタラの演奏家がキタラの演奏家であるのは、キタラを演奏しないこともできるからである。同様に、思考は思考することができるとともに思考しないことができるという潜勢力として存在する。それはちょうど、まだ何も書かれていない蠟で覆われた書板と同様である（これが、中世の哲学者たちのいう可能的知性である）。」

することができるだけでない、しないこともできる、しないことができる、バートルビーはしないことをして見せた。しかしなんか違う、なんかこういう言い方がつづいていくとバートルビーそのものから離れるというか、違うものになるように感じる。

バートルビーがしなかったのはしない能力だったのか？　それはやっぱり能力なのか？　私はそれよりドゥルーズが自殺する直前に書いたという、〈内在——ひとつの生……〉という、日本語にして文庫六ページしかない文章の方がくる、私はこれを全文筆写したくなる。

私はこれまでドゥルーズはイメージや感覚に拠りすぎるところが信頼しきれなかった、私はまわりの同世代の八〇年代に若者だった今は若いとは言えない人たちほどドゥルーズに熱心でなかった、死んだときも動揺はなかった、ガタリのときはわずか半年前に本人に会っていたのでしみじみしたがそれだけだった。

しかし私は最近、イメージや感覚でしか思い描けない、言葉ではムリ、無理だからもっと他のことをあれもこれも使わなければ伝わらないどころか、自分の中の、

時間とか空間とか、

記憶とか生や死とか、

そういう最も基本的なことがイメージや考えをそこから産み出すものにしていか

ないとダメだと感じる、ニュートラルな静的なものではそれらはダメなのだ。

　カフカとかベケットとか、長嶋茂雄とか割腹自殺した三島由紀夫とか、そのニュースを聞いて「ハタ迷惑なことをしてくれた」と言ったと言われる小島信夫とか、二〇一五年のラグビーW杯の日本が南アに勝った試合とか、……それらと同じように、時間とか空間とか、記憶とか生や死とかは、辞書みたいに静かな定義を自分がされるのを待ってるわけじゃない、それらはそれについて考えたり思い描いたりしはじめた途端に、イメージや記憶や経験や色や音や手ざわりがワッと襲ってきて静かに考えてなんかいられない気持ちになるような、定義でない、動力が内蔵されているような状態になるのを待っている。

　だからこういうことなのだ、「こうとしか生きられない」の世界観に立つことは、文字で書かれたものが世界の基準・規範と考える、私はいま「こうとしか生きられない」と考えない、過去でも書き換え可能と考える。私が文字と書いた文章、「文字を読んで理解するのはみんな気づいてないが脳にはとても負担なのだ」の文字のところを文学と読み間違う人がいる、文学以前の文字だ、文学よりずっと前に文字が問題なのだ。文字で書かれたものを基準・規範の役に立たせない。

　文字の前でまったくあらたまらない、みんな少しでもあらたまるから、ブログでもツイッターでも作文でも、基準・規範に貢献している、書くごとに基準・規範が思考の中に育つ、文字によるあらたまった思考は、知らずに体内に巣食う、そのうちに宿主を乗っ取る地球外生物のようなものだ、権力とはそれのことだ。

「内在とは何か？　ひとつの〔ある〕生……超越論的なものの指標として不定冠詞を理解しつつ、ディケンズほどみごとに、ひとつの生とは何かを語った者はいない。

　極道が一人、みんなが軽蔑し相手にしない悪漢が一人、瀕死状態に陥って運ばれてくる。介抱にあたる者たちはすべてを忘れ、瀕死者のほんのわずかな生の兆しに対し、一種の熱意、尊敬、愛情を発揮する。みんなが命を救おうと懸命になるので、悪漢は昏睡状態の底で、なにかやさしいものがこんな自分の中にも差し込んでくるのを感じる。しかし、だんだんと生に戻るにつれ、介抱に当たった人々はよそよそしくなり、悪漢は以前と同じ下劣さ、意地悪さに戻ってしまう。

　この男の生と死の間には、死とせめぎあうひとつの生のものでしかない瞬間がある。個人の生は、非人称とはいえ特異なひとつの生を前に身を引き、ひとつの生はそこに、内的かつ外的な生における諸々の偶発事から、つまり到来するものの主体性と客体性から自由になった、純粋な出来事を開示する。

誰もが憐れみをよせ、一種の至福に達した「ホモ・タンツム（just man）」。もはや個体化ではなく特異化からなる此性。純粋な内在の生であり、今では善悪を越えた中性的な生、というのも、生に善悪を与えていたのは、諸事物の間で生を体現していた主体だけだったからだ。個体性からなるこんな生は消えていく。他の者とは混同されないが、もはや名を持たない一人の男に内在する特異な生を前にして。特異な本質、ひとつの生……。」（『ドゥルーズ・コレクションⅠ』「内在――ひとつの生……」小沢秋広訳）

生きているだけだがひたすら生きている状態、生と死の境いにあってもはや生前にこの人は何をした、どういう人だったかは関係なくなり周りの人はもう助からないと思いながらも助けようと手を尽くす、ここに横たわっている男が誰なのかはもうどうでもいい、しかし間違いなくここに一人の、この男だけが歩んだ人生の経験・試練・不運によってこうなった男がいる……

いや、それは理屈っぽすぎる、あるいは話が旨すぎる、旨すぎるというのはもっともらしすぎる、言葉になりすぎてる、だいいち私はこんな説明するようなことを書きながらドゥルーズの文章で想像した通俗映画の一場面に映る男をせいぜい想像していただけだ。

家族や友達や一緒に暮らした動物たちの死につつあるあの時だ。命は消えようとしているのだろうが何かはぐんぐん大きくか激しくかなってゆく、崇高さを帯びてくる、重労働だと感じてくる、呼吸の一回一回が大変なのだ、こんな大変なことをいま猫の小さい体でやっていると思う、ドゥルーズが書いているのはそういう……
……いや、しかしそれだとバートルビーのひたすらの無抵抗、無力から話はソッポに逸れるか？　いや、そうではないか、バートルビーの闇雲な拒絶は語り手の弁護士を激しく動揺させるのだ。

あるいは死んだ直後、さわってみて、まだ温かいとかもう冷たくなってきたとか言うあの時、そして焼かれる前、焼かれて骨になって出てきたばかりの時、死んで横たわるその人、その人だった骨、あの鉄の箸で取るとカリカリ硬い乾いた音がする、その人も骨も完全な沈黙の中にいるが決してまったく死という一般性の中に飲み込まれない、誰も死一般など考えない、死という一般性は具体的な死体が目の前にないときだけしか考えない、死体が目の前にあるとき死という一般性はまったくない。

高桑和巳は『バートルビー——偶然性について』の三部構成の本の三部目、氏自身の小論でバートルビーを論じたブランショなど歴代の批評を紹介する、そのドゥルーズ、ここで定式とは「せずにすめばありがたいのですが」というあの拒絶の言葉（センテンス？　構文？）のことだ、

「ドゥルーズはまず、この定式の奇妙さを指摘する。文法的に間違っているわけでもないにもかかわらず、そこには何か非文法的なところがあると感じられる。この定式は一塊の異物である。一つの言語に属しながらも、その言語の成立に拠っている空間を変質させてしまう。」

「この定式は、拒む項を廃絶するとともに、定式によって保存されていると思われた別の項の方をも廃絶する。」原文は“I would prefer not to.”だ、I prefer A to B. は、BよりAを好む、preferには比べるものが前提される。「その別の項の方は不可能になってしまう。じつを言えば、この定式はこれら二つの項を不分明にするのだ。それは、ある不分明地帯、不明確地帯をうがつのであり、その地帯は好ましくない活動と好ましい活動のあいだでどんどん大きくなってゆく。

　あらゆる特性、あらゆる参照先が廃絶される。定式は「筆写する」ということを無化するが、じつはこの筆写こそ、これこれが好ましいものか好ましくないものかを決める唯一の参照先だったのだ。

これこれのことよりむしろいいようなものは何もないのですが。

これは無への意志ではない。意志の無の増大である。バートルビーは生き延びる権利を、つまり行き止まりの壁を前にして立ったまま動かずにいる権利を勝ち得た。」

おしまいの勝ち得たは気になる、バートルビーは誰にも何にも勝っていない、この文章自体に沿って言うなら、勝ち負けを廃絶した、得ないことにより得ると得ないを廃絶した。

私は本当にバートルビーの存在感は死んだばかりの死体や焼かれて炉から出てきた骨や骨壺に入ったはじめの何日かの感じだ、あれはまったく物質の次元ではない、私はそこでしか出会わない、バートルビーは権利と関係ない、まさにそうであるところのもの、ドゥルーズ自身がさっきの「内在──ひとつの生……」で書いた、

個体化ではなく特異化からなる此性……、

此性《これせい》の意味は、それのそれとしか言いようのないところということだろう、たぶん。ベケットは此性の結晶のようだ、此性は母親はその人にとってはかけがえがない、という程度の取り替えなさにはたぶん使わない、マイルス・デイヴィスは、「俺は変わりつづけなければならない。俺が変わりつづけなければならないのは俺

の祟りだ。」

と言った、此性はそういうことだ。

「魂の無に神は神の全体を注ぎ込まずには「いられない」のである。」

「「神を強いる」(「私が」ではない、逆に「私」の無い「無」が強いる)」

中世ドイツのキリスト教神秘主義思想の創始者と言われているマイスター・エックハルトを解説した本を読み直していたら、私はあちこちに「ベケットっぽい」と書き込みしていた、この文を含む長い文章はこうだ、

「離脱の無はそのように神のみを受容するのであるが、その受容性は単なる受動性ではない。受動性としては絶対的な受動性である離脱が、正に無の故に「神を強いて」離脱した魂に来たらしめる、とエックハルトは再三にわたって言う。この特色ある危険な言い方は、もちろん意志の事柄ではなく(離脱は意志の徹底的放棄である)、魂の無と神の存在との一体性の現成における、寸分の隙のない必然性の表現である。

魂の無に神は神の全体を注ぎ込まずには「いられない」のである。「神を強いる」(「私が」ではない、逆に「私」の無い「無」が強いる)という表現は、「私」無き

理法の現成の不可抗性を強烈にあらわしている。」（上田閑照『エックハルト　異端と正統の間で』）

　離脱というのは、

「離脱は「極めて無に近く」、否むしろ「純粋な無に立ち」、自己自身と一切のものから同時に脱却している。」

「我意の滅却であり、我意の種になり得る一切の「あれとかこれとか」（対象でもあり得るし表象でもあり得る）の空却である。」（同前）

　私は文字列の表面を追っているだけかもしれない、ここの傍線部はそのまた一つ前の「無の増大」うんぬんの傍線部と同じようなことを言ってないか？

「一切の「あれとかこれとか」の空却」は、廃絶と同じことではないか？

「エックハルトは蠟板を比喩にとる。「神が私の魂に最高の仕方で書き給うべきであるならば、魂に書かれているあれとかこれとかはすべて消し去られなければならない」」。

　この意味での全き純粋な無は、ドイツ語説教集ではしばしば「死」として説かれている。「それ故に、死んでいなければならない。死に切っていなければならない。そして自分自身無でなければならない」。「喜びも憂いも触れることが出来ないように、徹底的に死んでいなければならない」。」

蠟板（書板）の喩えが出てきた、あれかこれか（prefer）の廃絶が出てきた、エックハルトは『バートルビー』を読んでいたのか！　神の御業はまったく玄妙にして深遠である。これはこの本に抄訳された『神の慰めの書』の書き抜きだ、

「然し恩寵と慈愛を受けることがない場合は、神のためにそして神の意志のうちで、私はそれ無しで済まさなければならない。私の求めるものを神が与えんと欲し給うならば、私はそれを受け、そして喜ぶ。それに反して与えることを神が欲し給わないならば、私は、欲し給わないその神の意志のうちでそれ無しで済ますという仕方でそれを受ける。即ち、それ無しで済ませそれを受けないということによって受けるのである。

その時一体私に何の不足があり得ようか。そして確かに、「受ける」ことによってよりも「無しで済ます」ことによって人は一層本来的に神を受容するのである。」

「無しで済ます」

「せずにすめばありがたいのですが」

似てる……いや、たんに響きが似ているだけなのだが、だいいち、原語同士はきっと全然似てないんだろうが……しかし原語とは何のことか？　もともとどの言葉

も神の御心を翻訳したものと考えたらどうなるか。

私は何が言いたいのか？　私はバートルビーが将来人間が人間において生き延びる在り方のひとつだ、ＡＩが人間を凌駕する、ＡＩが社会の決定権を握るというのが将来事実なら、それは人間が他を凌ぐ能力において存在してきたからだ。

〈ゴダールの決別〉フランス公開一九九三年、日本公開一九九四年、その冒頭のゴダールの声らしき語り、

「私の父の父の父が困難な務めを果たすときは、森の中のある場所に行って火を起こし、静かに祈りを一心にささげると、願いはかないました。

後に私の父の父が同じ務めに直面したとき、彼は同じ場所でこう言った、

〝火は起こせませんが、祈りは唱えられます〟」

この語りはもっと先まであったのだが私の記憶はここまでだと思っていた、もちろんこんな正確に憶えてるわけなく、

〝火は起こせませんが、祈ることはできます〟

だった、私の記憶はたぶん映画より正しいところを見ている、人にできる人らしい最後のことは祈ることだからだ。祈りは不思議だ、叶えられないことが明らかに

なればなるほど祈りは熱を帯びる、祈りは祈りたりうる、祈りの此性が立ち上がる、「また、人が祈りや善行をなしたからといってその故に、祈りも善行もなさない場合よりもその人に対して神がより慈み深く優しくなり給うということは決してないのである。」

これもエックハルトの言葉だ、エックハルトは、祈禱したり断食したり善行で祈りを叶えようというのは神との取り引きだ、あさましい考えだと否定している、叶えられないからこその祈りだ、神は人がどれだけ無防備に祈るかをもし見るとしたら見る、そのように祈ることができたならその人はもう何も叶えられる必要はない。

人は心というひじょうに大きなものを抱えて生きる、心が悲しみでぼろぼろになったり怒りで燃えあがったりすれば体を実際に滅ぼす、その心がホメーロスの叙事詩を書いた、ダンテの『神曲』を書いた、ドストエフスキーの『カラマーゾフの兄弟』を書いた、どんなに控えめに、静かに生きてきたような人でもその人の心の悲しみや怒りが体を滅ぼしうる、同じだ。

それら人は遠景で見たら、人のひとりひとりが生まれて死ぬのは、地球を覆う海面に降ちた雨の一滴、その雨の一滴が広がる波紋その程度のものかもしれない、実際私はまったく知らない土地で飢えて死ぬ子だけじゃない、不慮の事故であっけなく死んだ子がいた、その子を海面に降ちる雨滴、その雨滴が作った同心円状の波紋の広がりほどに誠実にリアルに思ったことがあったんだろうか。

　エックハルトなら、

「自分自身が海に降ちる雨滴かその波紋と感じられるようになったら、神は雨滴も波紋も見ている、神もまた雨滴か波紋なのだ、」

　いや、これはまた別の神秘主義か……


「わしは死ぬことなんかなんも恐いことない、死んで焼かれて骨になってもわしはわしや。」

　と、大阪の井村さんは言った、井村さんは二〇一四年二月に亡くなった、井村宏次さんは私は亡くなる何年も前から電話では何度もお話した、猫の世話が手が離せないから体で大阪に行って直接会った最後は二〇〇五年くらいにまでさかのぼるかもしれない、私は井村さんにはときどき猛烈に会いたくなる、

「ワシハ死ヌコトナンカナンモ恐イコトナイ、死ンデ焼カレテ骨ニナッテモワシハワシヤ。」

　こういうことを言った人に会いたくないわけがない、私は井村さんのこの言葉を

はじめて書いたのは一九九七年の秋でそれはよく憶えている、それ以来もう三回も四回も書いた、みんなの口にも手にもキーボードにも乗ってこの言葉が広がってほしい、私は長いことこの言葉を死を相対化する考えのひとつ、それも有力なひとつとだけしか考えていなかった、これはまさに生き方の言葉だ、これをしゃべる私は、生死を粉砕するだけじゃない、自我も個も粉砕する。

現代において死は脅しとして機能している、人間が能力を向上させてきたとして、死の恐怖が大きくなっていたらそれは向上と言えるか？　私は人工知能による人間の支配はそこから来た、人間の死の恐怖に棲みついた、

「それ故に、死んでいなければならない。死に切っていなければならない。そして自分自身でなければならない。」

「わしは死ぬことなんかなんも恐いことない、死んで焼かれて骨になってもわしはわしや。」

雨滴は小ささの比喩として使われた、雨滴は本当に小さいか、小さいままでもいいが私は隣りの家の雨樋が漏れていた、ぽたりぽたり雨だれがある一定さとある不規則さで降ちた、

下が凹に湾曲した鉄板か銅板が軒下に放置してあった、雨だれが降ちるたびに思

いがけない大きさに反響した、私は雨滴のイメージが好きだが雨滴は地球の海面に降ちる雨滴と書いているあいだも、あの晩の一回ごとに反響した雨滴を思い出してもいる。

あとがき

この本がどういう本なのか？　知りたくてまずこのあとがきから読む人もいるだろう、私もよくそうする、この本がどういう本なのかは、7ページから11ページ、つまり私が筆写、書き写しをしようと思い立った、吉増剛造さんの言葉でそれはほとんど丸々語られている。

筆写は実際に自分でやってみるとすごく面白い、小説家にとって小説を書くということはまず何より手作業、手仕事である、画家も音楽家も手作業をなくすわけにはいかないのにワープロ、パソコン以来、文字を書くことが手仕事でなくなっている、まして読むことは手がいらない、

「ソレヲ純文学トカ詩トカノ先端ニシテイカナイトダメ。」

と私は吉増さんの言葉を10ページに筆写している。

小説家にとって小説を書くことは、テーマとか思想を書くことでなく何より、日々書くことだ、お坊さんがお経を毎朝読経するのと同じことだ。

「読経と写経は違うんじゃないですか？」

という質問があるかもしれない、あるいは、

「吉増さんの、10ページで筆写したソレは、筆写のことでなく、「読者モイナイシ見テクレル人モイナイ」を指すんじゃないですか？」

という質問もあるかもしれない、それらはどっちももっともであるしもっともでない、筆写することは目と頭だけで静的に文を仕分けすることではない、もともと文というのは書く人の活動の航跡だから静的なものでなく流動的で不定形で多義的なものだからだ、ただ読むだけでなく書き写すという手作業によって文は書かれつつある瞬間の流動性を取り戻してゆく、私は「読書実録」を書いたわけだが中身は私に書き写しをさせた文が次の文を喚び寄せた。

書き写しをしているとかつて読んだ文が活性化するのだ、ただ目と頭だけで読むのより書き写しをする方が文が文を喚び起こす、記憶のどこかに仕舞い込まれていた文が新しい力を得て、出たくてうずうずする。

するとそれは、人間の肯定になった、人間の、簡単に社会化されることを拒む内

面の、圧倒的な肯定となった。それは文が意味を一義的に固定されないこととときっと強い関係がある、アナキズム的連帯だ。文は人から流れ出て、外で力を得て人に返ってきたのだ。

初出はすべて「すばる」で、担当の岸優希さんにお世話になった、しかし内容の問題で集英社から出ることは叶わず、河出書房新社からこうして出ることになった、出版を二つ返事で引き受けてくれた同社と担当の岩本太一さんに感謝します。

保坂和志

二〇一九年　夏

◎筆写一覧

〔筆写のはじまり〕

▪吉増剛造×伊藤玄二郎「詩は空気の道」「星座」二〇一七年春虹号、かまくら春秋社

▪小島信夫『カフカをめぐって』二〇一七年三月、水声社（非売品）

▪守中高明『ジャック・デリダと精神分析　耳・秘密・灰そして主権』岩波書店、二〇一六年一一月

▪柳田國男「鼠の浄土」『海上の道』一九七八年一〇月、岩波文庫

▪フランツ・カフカ／浅井健二郎＝訳「歌姫ヨゼフィーネ、あるいは鼠の族」『カフカ・セレクション

Ⅲ　異形・寓意』ちくま文庫、二〇〇八年一一月

▪吉本隆明『言語にとって美とはなにか』『吉本隆明全著作集　第六巻』勁草書房、一九七二年二月

▪酒井隆史『通天閣　新・日本資本主義発達史』青土社、二〇一一年一二月

▪小川さやか『「その日暮らし」の人類学　もう一つの資本主義経済』光文社新書、二〇一六年七月

〔スラム篇〕

▪クリフォード・D・シマック／林克己＝訳「逃亡者」『都市　ある未来叙事詩』早川書房、一九六〇年八月

▪若松孝二「パレスチナ報告」「月下の一群」創刊号、海潮社、一九七六年六月

▪ジャン・ジュネ／鵜飼哲他＝訳「リュディガー・ヴィッシェンバルト、ライラ・シャヒード・バラーダとの対話」『公然たる敵』月曜社、二〇一一年三月

- ジャン・ジュネ／鵜飼哲他＝訳「ジャバル・フセインの女たち」前掲書所収
- 藤井貞和「芸術の発生の日本的構造」『源氏物語の始原と現在　付バリケードの中の源氏物語』岩波現代文庫、二〇一〇年二月
- 尾崎放哉『尾崎放哉句集』放哉文庫、二〇〇二年九月
- 小島信夫『うるわしき日々』講談社文芸文庫、二〇〇一年二月
- 種田山頭火『山頭火行乞記』山頭火文庫、二〇一一年六月
- 尾崎放哉「入庵雑記」『尾崎放哉　随筆・書簡』放哉文庫、二〇〇二年一二月
- 松原岩五郎『最暗黒の東京』講談社学術文庫、二〇一五年二月
- 小島信夫「白昼夢」『月光・暮坂』講談社文芸文庫、二〇〇六年一〇月

〔夢と芸術と現実〕

- グレアム・グリーン／高橋和久＝訳「最後の言葉」『国境の向こう側』ハヤカワepi文庫、二〇一三年一一月
- 松本卓也「『精神分析入門』（フロイト）――苛烈さを今一度振り返るために」「文學界」二〇一八年四月号、文藝春秋
- フランツ・カフカ／柴田翔＝訳〔中庭への扉を叩く〕『カフカ・セレクションⅡ　運動・拘束』ちくま文庫、二〇〇八年九月
- ミシェル・レリス／千葉文夫＝訳『ゲームの規則Ⅲ　縫糸』平凡社、二〇一八年二月
- 磯﨑憲一郎「古墳公園」「群像」二〇〇八年八月号、講談社

■古谷利裕「偽日記@はてなブログ」2016-09-06

〔バートルビーと人類の未来〕

■ハーマン・メルヴィル／高桑和巳＝訳「バートルビー」ジョルジョ・アガンベン『バートルビー　偶然性について　［附］ハーマン・メルヴィル『バートルビー』』月曜社、二〇〇五年七月

■高桑和巳「バートルビーの謎」前掲書所収

■フランツ・カフカ／飛鷹節＝訳「断片」『決定版カフカ全集　第三巻』新潮社、一九八一年五月

■ジェイン・ボウルズ／清水みち＝訳『ふたりの真面目な女性』思潮社、一九九四年二月

■オリヴァー・サックス／大庭紀雄＝監訳『色のない島へ　脳神経科医のミクロネシア探訪記』ハヤカワ文庫ＮＦ、二〇一五年三月

■エドゥアルド・V・デ カストロ／近藤宏・里見龍樹＝訳『インディオの気まぐれな魂』水声社、二〇一五年一〇月

■保坂和志『この人の閾（いき）』新潮文庫、一九九八年七月

■新改訳聖書刊行会「ヨハネ福音書」『新約聖書　新改訳』日本聖書刊行会、一九七八年三月

■ジル・ドゥルーズ／小沢秋広＝訳「内在――ひとつの生……」『ドゥルーズ・コレクションＩ　哲学』河出文庫、二〇一五年五月

■上田閑照『エックハルト　異端と正統の間で』講談社学術文庫、一九九八年七月

■マイスター・エックハルト「神の慰めの書（抄訳）」前掲書所収

◎初出一覧

読書実録〔筆写のはじまり〕＝「すばる」二〇一七年八月号

読書実録〔スラム篇〕＝「すばる」二〇一七年一二月号

読書実録〔夢と芸術と現実〕＝「すばる」二〇一八年七月号

読書実録〔バートルビーと人類の未来〕＝「すばる」二〇一九年三月号

＊単行本収録にあたり副題を付した。

保坂和志（ほさか・かずし）　一九五六年、山梨県生まれ。鎌倉で育つ。早稲田大学政経学部卒業。一九九〇年『プレーンソング』でデビュー。九三年『草の上の朝食』で野間文芸新人賞、九五年『この人の閾（いき）』で芥川賞、九七年『季節の記憶』で平林たい子文学賞、谷崎潤一郎賞、二〇一三年『未明の闘争』で野間文芸賞、一八年『ハレルヤ』所収の「こことよそ」で川端康成文学賞を受賞。他の著書に『カンバセイション・ピース』『小説の自由』『あさつゆ通信』『地鳴き、小鳥みたいな』など。

読書実録

二〇一九年九月二〇日　初版印刷
二〇一九年九月三〇日　初版発行

著者　保坂和志
発行者　小野寺優
発行所　株式会社河出書房新社
一五一・〇〇五一
東京都渋谷区千駄ヶ谷二ノ三二ノ二
☎〇三・三四〇四・一二〇一（営業）
〇三・三四〇四・八六一一（編集）
http://www.kawade.co.jp/

組版　株式会社キャップス
印刷　株式会社暁印刷
製本　小泉製本株式会社

Printed in Japan　ISBN978-4-309-02829-3